KB200926

누군가를 사랑하는 일은, 나를 더 잘 아는 일이기도 합니다.
이 책이 나답게 사랑하기 위한 시작점이 되길 바랍니다.
— 김단엽

사랑하기 전에
알았더라면
좋았을 것들

김달
에세이

불안을 멈추고
나답게 사랑하기 위한
관계 솔루션

사랑하기 전에
알았더라면
좋았을 것들

빅피시
BIG FISH

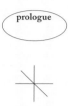

다시, 사랑을 시작하려는 당신에게

'사랑'이라는 단어를 생각하면 어떤 감정이 먼저 떠오르나요?

설렘과 다정함, 기쁨?

혹은 아픔, 갈등, 슬픔?

흔히 사랑이란 '감정'이라고 생각하지만,

사실 사랑은 관계 속에서 자신을 알아가는 과정입니다.

누군가를 만나는 동안 끊임없이 나의 내면을 살피고,

취향과 가치관을 확립하면서

조금씩 더 나은 사람이 되어가는 여정이지요.

하지만 많은 사람이 자기 자신을 잘 모른 채
너무 쉽게 상대를 운명처럼 받아들이고,
성급하게 사랑을 이루려 합니다.
상대방의 행동과 감정에 따라 휘둘리며
어떻게 반응해야 할지 불안해하면서요.

저 또한 같은 실수를 반복했습니다.
설레는 감정을 느끼며 사랑에 빠진 뒤에는
상대방의 마음이 변할까 두려웠고,
처음 경험한 이별 후에는 한없이 무너졌습니다.
그 후로도 몇 번의 만남과 이별을 겪었고,
결국 지금의 사랑하는 사람을 만나게 되었고요.

이런 시간을 보내며 깨달은 사실이 있습니다.
자신의 성향과 한계를 잘 알고, 단단한 내면을 가질수록
흔들림 없이 사랑할 수 있다는 것.
그리고 그런 지혜를 기반으로 나 자신을 지켜나갈 때
비로소 온전히 사랑을 주고받을 수 있다는 것을 말입니다.

이 책은 저의 첫 책의 개정 증보판입니다.

다시 펴내는 책이지만, 거의 전체 원고를 다시 새롭게 다듬고 보강했습니다.

이미 제 책을 읽어주신 분들은 물론

처음 읽는 분들께도 도움이 될 수 있도록 말입니다.

지난날의 제가 충분히 경험하지 못했던

현실적인 문제들까지 더욱 깊이 있게 다루었고,

사랑의 시작부터 실전 상황,

그리고 이전에 다루지 않았던 결혼 생활까지

제가 경험하고 깨달은 모든 것을 썼습니다.

저의 경험이 모두의 현실이 될 수는 없을 것입니다.

자신의 성향에 따른 선택은 각자의 몫이기 때문입니다.

그러나 오늘, 한 달 뒤, 일 년 뒤에

같은 문제를 반복하며 고민하지 않기 위해

작은 시도를 해보고 싶다면

제 조언이 도움이 될 거라 확신합니다.

대책 없는 희망이나 무책임한 위로는 건네지 않으려 했으니까요.

대부분의 사람은 능력이 부족해서가 아닌
의지가 부족해서 실패합니다.
사랑도 마찬가지입니다.
더 나은 관계를 만들어 나가기 위해서는
이제 이전과 다른 사랑을 시작할 결심이 필요합니다.

인간관계가 어렵게 느껴진다면
사랑 때문에 고민하고 있다면
이 책을 한 장씩 펼쳐 읽으며 스스로 질문해 보길 바랍니다.
사랑에 정답은 없지만, 더 나은 답은 분명히 있으니까요.
이제 그 답을 만나볼 시간입니다.

김달

Contents

Part 1

사랑을 시작하기 전에 알아야 할 최소한의 것들

Part 2

평생 함께할 사람을 파악하는 기술

Part 3

✳

불안을 멈추고 나답게 사랑하기 위하여

Part 4

그 사람과 다시 시작하고 싶다면

Part 5

요즘 사랑을 위한 현명한 태도

사랑을 시작하기 전에
알아야 할
최소한의 것들

덜 사랑하는 방법부터

연습하라

"어떻게 하면 좋은 사람을 만나 행복하게 사랑할 수 있을까요?"

이 질문은 상담에서 빠지지 않고 등장하는 단골 주제다. 답은 의외로 간단하다. 누구보다 내가 나를 사랑하고, 내 삶을 좋아하는 사람이 되는 것이다. 항상 나를 우선순위에 두고 사랑해야 한다.

그렇다고 해서 이기적이고 자기중심적인 사람이 되라는 뜻은 아니다. '네가 아니어도 괜찮아'라는 마음가짐을 가지고, 헤어져도 무너지지 않을 자존감을 가지라는 말이다. 그래야 사랑에서 오는 고통을 줄이고, 진정으로 행복한 관계를 이어갈 수 있다.

또한 대개 마음이 편안한 사랑을 하는 사람들은 관계에 있어서 서로를 생각하는 감정의 크기가 다를 수 있음을 당연하게 받아들이는 경우가 많다. 사랑을 할 때 남녀가 똑같은 마음으로 상대를 좋아하는 것은 불가능에 가깝다. 즉, 어느 한쪽이 더 좋아하거나 덜 좋아하는 경우가 일반적인데 때때로 이를 간과하고, 상대방에게 섭섭한 마음을 품게 될 때가 있다.

상대가 나를 덜 좋아할 수 있음을 인정하고 받아들여야 한다. 이 태도가 나를 안 좋아해서가 아니라 나보다 덜 좋아하는 것일 뿐이라는 사실을 받아들여야 나의 감정을 컨트롤할 수 있다.

**혹시 사랑에 빠져서
상대방만 생각하고 그의 연락만 기다리느라
내 일상은 내팽개친 적이 있는가?
그렇게 자신을 뒷전에 둘수록 본인의 인생은 물론
사랑까지 망치고 있다는 사실을 깨달아야 한다.**

사랑하며 저지르는 가장 큰 실수는 자기 자신을 잃는 것이다. 상대방에게 휘둘리고, 그에게 맞추기 위해 별생각 없이 자기 삶을 희생하다 보면 결국 고갈된 감정과 뼈아픈 후회만이 남는다. 사랑이 끝난 뒤에, 아무런 발전 없이 제자리걸음만 하는 자신을 발견하게 될 뿐이다.

"나를 우선순위로 둔다"라는 말이 어렵게 느껴진다면, 스스로 이렇게 물어보라.

"지금 내가 가장 이루고 싶은 것은 무엇인가?"

"내가 가장 간절히 바라는 것은 무엇인가?"

그 답을 찾는 순간, 내가 우선인 삶이 시작된다.

한때 나 역시 내가 원하는 것을 알지 못한 채 그런 나를 답답하게 여기며 그저 하루하루를 흘려보냈다. 그러나 삶의 목표를 세우고 나니 모든 것이 달라졌다. 내가 무엇을 원하고, 어디로 가야 하는지 명확히 알면, 더는 상대의 행동만을 기다리며 수동적으로 살 시간이 없다.

그렇다고 해서 상대방을 무시하라는 뜻은 아니다. 상대는 그의 삶을 열심히 살고 나는 내 삶을 단단히 다질 때, 비로소 제대로 된 사랑을 할 수 있는 여건이 만들어진다. 상대의 사랑을 갈구하지 않을수록, 오히려 더욱 안정적으로 사랑할 수 있다.

"그럼, 연애에 성공하려면 반드시 자기 계발을 해야 하나요?"

이 질문 자체가 잘못됐다. 연애를 위해 자기 계발을 한다면, 이미 그 중심에는 나 자신이 아닌 상대가 자리 잡고 있는 것이다. 그건 자기 계발이 아니라 '발전하는 척'이다.

나를 위해, 내 인생을 위해 노력하다 보면, 자연스럽게 내게 걸맞은 사람을 발견할 수 있다. 그때가 바로 삶도 사람도 성공으로 이끄는 순간이다.

10명 중 7명이

잘못 알고 있는 사실

"저는 맨날 망한 사랑만 해요."

"썸만 타다가 끝나요."

이런 고민을 하는 사람이 많다. 과연 망한 연애, 짧은 연애를 반복하고 있다면 잘못된 것일까? 차라리 사랑하지 않는 편이 나았을까?

많이들 착각하지만 사실은 그렇지 않다. 짧게 끝난 사랑, 상처만 남긴 사랑일지라도 아무것도 하지 않는 것보다는 백번 낫다. 실패한 사랑조차도, 그 과정에서 쌓은 경험이 우리를 성장시키기 때문이다.

행복하게 사랑했는지, 아픈 사랑을 했는지에 초점을 두어선 안 된다. 그 경험이 내게 무엇을 남겼느냐가 중요하다.

많은 사람이 장기적이고 안정적인 연애가 최선이라 여기지만, 꼭 그렇지만은 않다. 오히려 여러 타입의 사람을 겪으면서 깨닫게 되는 것들이 많기 때문이다.

단순히 여러 사람을 만나라는 뜻은 아니다. 다양한 만남을 통해 새로운 관점으로 사람을 볼 수 있는 인사이트를 쌓으라는 의미다.

남녀를 불문하고,
연애를 잘 못하는 사람들의 공통점은
단 한 가지다.
바로 '경험 부족.'

연애를 못하는 사람일수록 쉽게 결단을 내리지 못하고 한 사람과 오래 만난다. 최소 1년 혹은 2년 이상 진지하게 사귀고 헤어진 후 오랜 공백기를 가진다. 그리고 또다시 비슷한 형태의 진지한 관계로 들어간다.

이 방식이 꼭 나쁜 건 아니다. 안정적인 연애를 선호하는 사람들에게는 잘 맞을 수도 있다. 하지만 이런 만남이 반복되면 경험의 폭은 좁아지고, 새로운 배움이나 관점을 다양화할 기회는 제한될 수밖에 없다.

그런 반면, 연애를 잘하는 사람들은 다르다. 그들은 긴 연애와 짧은 만남을 적절히 조화시키며 경험을 쌓는다.

"썸, 썸, 썸, 그리고 진지한 연애. 또 썸, 썸, 썸, 진지한 연애."
이런 패턴은 단순히 가벼운 만남을 즐기기 위한 것이 아니다. 이들은 다양한 만남을 통해 사람을 파악하는 능력을 키운다. 그래서 한 번만 만나도 '아, 이 사람은 이런 스타일이구나' 하고 바로 감을 잡는다. 연애 경험치가 쌓였기 때문이다.

그리고 이 모든 경험이 결국, 후회 없는 연애를 만든다. 다양한 사람을 만나보지 못한 사람들은 종종 젊은 시절을 돌아보며 "그때 조금 더 다양한 경험을 했더라면 어땠을까?" 하고 아쉬워한다.

반대로, 많은 경험을 쌓은 사람 중 "그때 사람들을 만나본 게 후회돼"라고 말하는 사람은 찾기 어렵다.

짧은 사랑도, 망한 사랑도, 그 경험에서 무엇인가를 얻고 깨닫는다면 결코 실패가 아니다. 그러니 기회가 찾아온다면 두려워하지 말고 기꺼이 만남에 나서라. 그것이 당신의 사랑뿐만 아니라 인생 전체를 바꿀 힘이 될 것이다.

당신이 나쁜 사람만

만나는 이유

연애할 때마다 당신을 힘들게 하는 사람만 만난다면, 그 원인은 어쩌면 상대방이 아니라 당신 자신에게 있을지도 모른다.

상대를 의심하며 휴대폰을 확인하려 하지는 않았는가? 혹은 과거의 어떤 상처 때문에 "앞으로도 나는 상처받겠지"라고 방어적인 자세를 취하지 않았는가? 행동과 생각의 잠재적인 힘은 예상외로 커서, 어느 순간 현실에 반영되고 만다.

계속해서 아프게 하는 사람만 만난다면, 자신을 돌아보기를 권한다. 내 선택에 문제가 있었던 건 아닌지, 기준을 너무 낮게 잡았던 건 아닌지 스스로 물어야 한다.

물론 운이 나빴을 수도 있다. 하지만 지금부터 달라질 수 있다는 마음가짐을 가져야 한다. '나만 늘 상처받아'라는 부정적인 생각은 현재의 연애까지 망치기 때문이다.

세상에 "나는 나쁜 사람이다"라고 스스로 인정하는 사람이 얼마나 될까? 하지만 연애할 때 당신을 힘들게 만드는 상대는 분명히 있다.

이들은 종종 외모, 이를테면 목소리, 키, 몸매 같은 외적인 매력으로 마음을 끌지만, 자기중심적인 태도가 상대에게 받아들여지는 걸 확인한 순간부터 대부분 점점 더 멋대로 행동한다.

그러나 중요한 건, 그런 사람도 당신이 어떻게 대하느냐에 따라 달라질 수 있다는 사실이다. 만약 상대에게 당신이 '쉬운 사람'이라고 여겨진다면 함부로 대할 것이다.

반대로, 당신을 절대 함부로 대할 수 없는 사람이라고 느끼게 만들면 이야기는 완전히 달라진다.

결국, 당신이 얼마나 내면이 단단하고
매력적인 사람이 되느냐에 따라
상대방의 태도도 달라진다.

자신의 가치를 깨닫고
더 나은 사람이 되기 위해 노력한다면
상대는 당신을 함부로 대할 수 없게 된다.

오히려 상대가 당신에게 더 잘 보이기 위해 애쓰는 관계로 바뀔 수 있다. 그러니 '나는 왜 이런 사람만 만날까?'라고 고민할 시간에 스스로 더 멋진 사람이 되기 위해 노력하라.

절대 눈을

낮추지 말 것

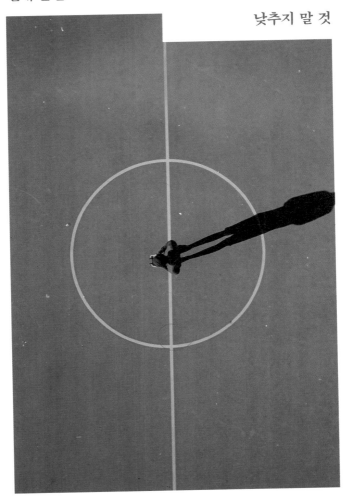

사람들이 이상형을 물어서 대답할 때면 항상 "눈이 너무 높은 것 같네요"라는 말을 듣는다. 눈은 당연히 높아야 한다. 그래야 좋은 사람을 선택할 수 있으니까 말이다.

굳이 상대를 판단하는 기준을 낮출 필요는 없다.
그 기준이 외모이든, 성격이든, 조건이든 간에
내가 원하는 것을 분명히 알고,
당당하게 이야기할 수 있어야 한다.

눈이 높다는 건 내가 원하는 조건을 명확히 알고 있다는 뜻이다. 그 기준은 단순히 상대의 외모나 조건만을 의미하지는 않는다. 성격, 가치관, 대화 스타일, 삶의 태도 등 내가 중요하게 여기는 모든 요소가 포함된다.

만약 스스로 "나는 눈이 낮아"라고 자주 말하는 사람이 있다고 해보자. 이런 태도는 타인에게 어떻게 보일까?

아무나 만나도 만족할 사람, 자신만의 취향이나 기준이 없는 사람으로 여겨질 가능성이 크다. 상대방으로서는 당신이 스스로의 가치를 낮게 평가하는 것처럼 느낄 수도 있다.

그러니 소개팅 자리든 썸을 탈 때든, 자신 있게 "나는 눈이 높다"라고 말하라. 그것이 곧 나 자신을 존중하는 태도이며, 앞으로 만날 사람은 물론 현재 함께하는 사람에게도 예의를 지키는 일이다.

자신의 기준에 맞는 사람을
만나기 위해 노력하는 과정은
나를 더 나은 사람으로 만든다.

눈을 낮춘다고 해서 연애가 더 쉬워지는 것도 아니다. 기준을 낮추고 누구를 만나도 괜찮다며 관계를 시작하면, 결국 불만이 쌓이게 된다. '이건 내가 원하던 게 아닌데'라는 생각이 관계를 잠식하며 만족도가 떨어질 수밖에 없다.
자신이 원하는 것을 명확하게 알고, 그것을 포기하지 마라. 자신을 잘 아는 사람만이 좋은 상대를 선택할 수 있다. 그리고 정말 원하는 사람과 함께해야 성숙한 관계를 만들어 나갈 수 있다.

길게 안정적으로 하는 사랑이
꼭 좋은 것만은 아니다.
차라리 짧게 다양한 사람을 만나보는 편이
훨씬 좋을 수도 있다.

최악의 사랑은?

'짝사랑'이다

혹시 지금 짝사랑 중이라면, 꼭 이 말을 기억하길 바란다. 짝사랑은 대체로 인생의 해악이다. 누군가를 혼자 좋아하는 시간은 한두 달이면 충분하다. 적당한 선에서 멈추지 못하고 1년, 2년씩 장기적으로 이어간다면 결국 자신을 고통 속으로 몰아넣을 뿐이다.

혼자서 사랑한다고 해서 상황이 달라질 수 있을까? 그런 일은 거의 일어나지 않는다. 기적처럼 좋아하는 상대가 먼저 다가와 사랑이 이루어질 가능성은 매우 희박하다.

그렇다면 어떻게 해야 할까? 좋아한다면 고백하거나, 상대가 나를 좋아하게 할 방법을 찾아야 한다.

결국 모든 인간관계는 '상호작용'이다. 그렇기에 내가 좋아한다는 사실을 상대에게 알리지 않으면 그 어떤 변화도 일어나지 않는다.

더 큰 문제는 짝사랑이 길어질수록 상대방의 본모습이 아니라, 내가 만들어 낸 환상을 좋아하게 된다는 것이다. 시간이 지날수록 상대방은 점점 더 완벽한 사람처럼 느껴지고, 그 반면에 자신은 점점 부족하고 초라하게 느낀다. 기나긴 짝

사랑은 이처럼 자존감을 떨어뜨리는 치명적인 결과를 낳는다. 조금도 아름답거나 건강하지 않은 관계인 것이다.

그렇기에 좋아하는 마음은 표현해야 한다.
고백해야 상대의 마음을 알 수 있고,
그 과정에서 나 또한 마음의 짐을 덜게 된다.

만약 상대가 나를 좋아하지 않는다고 해도,
내 감정을 솔직히 표현했다는 그 사실만으로
충분히 만족할 수 있다.
세상에는 그 사람 외에도 만날 사람이 많기 때문이다.

내가 고백했는데 상대가 나를 좋아하지 않는다면, 더 이상 그를 붙잡고 애탈 필요가 없다. 다른 사람을 찾으면 된다. 해바라기도 아니고, 한 사람에게 몇 년씩 묶여 있을 이유가 없지 않은가? 언제까지 자신을 괴롭히며 힘들게 살 텐가?
물론 고백은 쉽지 않다. 용기가 부족하거나, 외모에 자신이 없거나, 주변의 눈치가 보여 망설여질 수도 있다. 하지만 이쯤에서 행동에 나서지 않는다면, 이런 상황들은 자신을 끊임없이 부정적으로 평가하게 만들 것이다. 더 이상 그러지 않았으면 좋겠다.

스스로 자신을 낮춰 보는 순간,
용기를 잃고, 더 나아갈 수 없게 된다.

용기가 부족하다면 이 말을 기억하라.
"내가 나를 사랑하는 한,
실패는 큰 문제가 아니다."

고백하는 그 1분 동안의 용기만 있으면, 삶은 새로운 방향으로 나아갈 수 있다. 중요한 건 내 감정이 상대방에게 오래 얽매이지 않는 것이다.

이뤄질 인연이면 자연스럽게 이뤄지고, 안 될 사랑은 그저 지나갈 뿐이다. 그 과정을 통해 나 자신을 더 사랑하고 성장할 수 있게 된다면, 그 짝사랑은 충분히 제 몫을 한 셈이다.

연애 초반에

반드시 해야 하는 것

연애 초반일수록 단호한 선 긋기가 필요하다. 이 말이 너무 강하게 들릴지 모르겠지만, 연애 초반의 태도가 이후의 관계를 결정짓는다. 이런 점을 고려했을 때, 이 내용을 꼭 기억하길 바란다.

대부분 상대를 만난 지 얼마 안 되었을 때는 그저 잘 보이려고 하거나 너무 조심스러워서 상대의 명백한 잘못에 대해서도 그냥 넘어간다. '좀 친해진 다음에 고쳐보자고 말해야지' 하며 넘어가는 것이다. 그러나 이런 순간이 쌓이다 보면, 결국에는 '너의 이런 면은 도저히 못 참겠다' 하는 때가 찾아온다.

뒤늦게 화를 내거나 상대를 바꿔보려 해봤자, 그 사람은 절대 바뀌지 않을 것이다. 설령 바뀌는 듯 보여도, 그것은 그 순간을 모면하기 위한 일시적인 변화일 뿐이다. 게다가 상대방 입장에서는 '처음엔 아무 말도 안 하더니, 갑자기 왜 이래?'라고 느낄 수도 있다.

그렇게 서로 불만만 쌓이다 보면, 결국 어느 한쪽이 희생하거나 무조건 맞춰주는 관계로 굳어진다.

사실 연애란,

서로를 잘 모르는 두 사람이 만나

각자의 한계와 기준을 정리해 나가는 과정이다.

내가 무엇을 싫어하는지,

상대는 어떤 성향인지 면밀하게 살필 필요가 있다.

연애 초반에 내가 원하지 않는 부분에 대해 분명히 선을 긋고, 그 선을 넘었을 때 어떤 결과가 있을지 상대에게 알려줘야 한다. 동시에 나 또한 상대방의 한계선을 파악하고, 이를 존중해야 한다. 이런 과정을 통해 서로의 기준과 방향을 조율할 때 건강한 관계를 정립해 나갈 수 있다.

예를 들어 음주 문제를 두고 이야기할 때 상대에게 이렇게 말할 수 있다.

"나는 네가 술자리를 좀 줄였으면 좋겠어. 하지만 굳이 가야 한다면 거짓말하지 말고 솔직하게 말해줬으면 해."

여기서 중요한 것은 '내가 이걸 싫어하니 무조건 하지 마'가 아니라, 서로가 함께 지켜야 할 선을 정하고 약속해 가는 것이다. 그래야 관계 안에 신뢰가 쌓인다.

물론 이런 과정이 쉽지는 않다. 그렇기에 상대가 그 선을 넘었을 때 내가 어떻게 대응할지 미리 자신의 태도를 정해두는 것이 중요하다. 가령 상대가 반복적으로 약속을 어긴다면, 최소 며칠간은 연락을 끊고 혼자만의 시간을 가지는 것도 한 방법이다. 이 시간 동안 내가 어디까지 받아들일 수 있는지, 그리고 그 기준이 과하지는 않은지 객관적으로 돌아봐야 한다.

이런 시간은 나 자신에게도 고통스러울 수 있다. 하지만 중요한 건 이런 행동이 단순히 상대를 벌주기 위한 것이 아니라, "나는 이런 상황을 견디기 힘들고, 그래서 이별까지도 고려하고 있다"라는 메시지를 상대에게 전달하는 데 있다는 것이다.

상대가 나를 소중히 여긴다면, 그 기준을 지키기 위해 노력할 것이다. 반대로 아무런 변화가 없다면, 이 관계를 지속할 가치가 있는지 냉정히 고민해야 한다.

무조건 상대에게 맞춰주는 연애는 절대 좋은 연애가 아니다. 처음에는 착하고 배려 깊은 사람으로 보일 수 있지만 시간이 지날수록 상대는 내 노력을 당연하게 여기게 된다. 사람은 누울 자리를 보고 다리를 뻗는 법이다.

잘 싸우는 것이

중요하다

싸우지 않는 연인은 없다. 하지만 다툰 뒤의 해결 방식이 서로 다르다면 오해와 갈등이 깊어질 수 있다. 특히 여성과 남성은 싸움을 대하는 태도와 화해하는 방식에 있어 큰 차이를 보인다. 이 차이를 이해하고 접근한다면, 좀 더 원활하게 갈등을 풀 수 있다.

개인차가 있지만 대개 여성은 싸운 후
상대방의 사과나 화해 시도를
즉각적으로 받아들이기보다는
'방어적으로' 반응하는 경우가 많다.

예를 들어, 남성이 "어제 내가 그랬던 건 미안해"라고 진심 어린 사과를 전하면, 여성이 "뭐가 미안한데?", "진짜 미안한 거 맞아?"라며 반응할 때가 있다.

그러나 이 반응은 대부분 진심이 아니다. 이는 상대방이 자신이 잘못한 부분을 제대로 이해했는지 확인하려는 방어적 태도일 뿐이다.

이런 상황에서 남성들이 흔히 빠지는 함정은, "내가 사과했는데 왜 저렇게 나오지?"라며 다시 화를 내는 것이다. 이렇게 되면 싸움이 2차전으로 번지고 상황은 더 꼬인다.

그러나 이 순간 남성이 한 번만 더 참는다면, 여성은 싸운 상태를 유지하려 하기보다 오히려 미안함을 느끼게 된다. 이 고비를 넘기는 것이 다툰 뒤 관계 회복의 핵심이다.

화해를 위한 대화에서는 접근 방식이 특히 중요하다. 다툰 직후 바로 "왜 그랬어?"나 "내가 이렇게 속상했어"같이 감정적으로 몰아붙이는 방식으로 대화를 시작하면, 상대는 이를 자신을 공격하려는 시도로 받아들이기 쉽다.

그 대신, 간단하고 솔직하게 "내가 잘못했어. 미안해. 기분 풀리면 이야기하자"라고 말하는 것이 더 효과적이다. 이렇게 하면 오히려 사과를 받아들이는 데 부담을 느끼지 않고, 자연스럽게 관계 회복에 나서려 할 것이다.

또한, 다투고 화해를 청한 후 잠시 시간을 두는 것도 필요하다. 사과를 건넨 뒤 바로 문제를 해결하려 하기보다는, 하루 정도 시간을 보내는 편이 낫다.

이는 감정이 상한 쪽이 자신의 감정을 정리하고, 상대가 보여준 사과의 진심을 곱씹을 시간을 제공한다. 이 과정에서 '내가 이 관계를 유지하려면 이쯤에서 다툼을 멈추고 사과를 받아들여야 한다'라는 인정을 하게 되고, 화해를 시도하게 된다.

주로 남성이 긴 갈등 상황을 견디지 못하기에, 먼저 말을 걸어올 것이다. 이때 가볍게 분위기를 풀어가는 것이 좋다.

결국, 화해는 서로가
상대방의 방식과 감정을 이해하고
존중하는 과정에서 이루어진다.

상대방이 다가올 여지를 남기고, 한 발짝 물러서 기다리는 여유를 가지는 것이 갈등 해결의 지름길이다. 화해는 상대방을 이기기 위한 과정이 아니라, 두 사람의 관계를 더 단단하게 만들기 위한 과정임을 잊지 말자.

맺고 끊음은

확실하게

앞으로 누군가를 만날 때, '이 사람은 아닌 것 같다' 싶으면 망설이지 말고 과감히 끊어야 한다.

연락이 잘 안되거나, 태도에 성의가 없거나, 싫은 티를 냈는데도 여사친이나 남사친을 자주 만나러 다닌다면, 바꾸려 하지 말고 그대로 정리하는 것이 답이다. 그런 사람은 만나지 않는 것이 나를 위해 더 낫다.

우리가 헤어지기 어려운 이유는 연애 초반에 이미 그 사람이 나와 맞지 않는다는 신호를 느끼고도, '내가 이 사람을 바꿀 수 있을 거야', '조금 더 기다려보자'라며 자신을 끊임없이 설득하기 때문이다.

초반에 끝내야 했을 관계를 억지로 이어가다 보면, 정이 들고 사랑이 생기며, 결국 더 끊기 어려운 악순환이 이어진다.

연애 초반에는 냉정하게 판단해야 한다.
상대가 나와 맞지 않는다고 느낀다면
아직 마음의 문이 다 열리지 않았을 때
정리하는 게 가장 쉽다.

이 기회를 놓치면 나중에는 더 힘들어진다. 관계 초반의 판단은 자기 자신을 위한 것이며, 그래야 더 좋은 사람을 만날 기회들을 만들 수 있다.

예를 들어, 복권을 한 장 산 사람과 열 장 산 사람 중 누가 당첨 확률이 높겠는가? 당연히 열 장 산 사람이다. 연애도 마찬가지다. 더 많은 사람을 만나볼수록 사람을 보는 눈이 생기고, 나에게 맞는 사람을 찾을 가능성이 커진다. 초반에 관계를 끊어내는 연습은 나쁜 것이 아니다. 오히려 더 건강하고 좋은 관계를 위한 과정이다.

연애 초반, 상대가 나에게 집중하지 않고 이성 친구를 만나러 다닌다면, 이는 곧 나보다 다른 사람이 더 중요하다는 의미일 수 있다. 초반은 서로가 상대에게 최선을 다해야 하는 시기다. 이런 모습을 보이는 상대라면 과감히 정리하는 것이 맞다.

또한 과거의 연인과의 재회를 갈망하거나 끝난 관계에 미련을 두는 대신, 새로운 사람을 만나보는 데 에너지를 쏟아야 한다. 더 나은 사람, 배울 점이 많은 사람은 세상에 많다. 처음에는 어렵겠지만, 이런 맺고 끊음이야말로 연애와 인생을 더 풍요롭게 만들어 줄 순간이다.

헤어지자는 말을 어렵게 꺼낸 경험이 있는가? 혹은 그 말을 듣고 상처받은 적이 있는가?

아무리 힘들어도 결국에는 이별의 말을 해야 할 순간이 온다. 상대가 그 말을 했던 것처럼, 나도 용기를 내야 한다.

"이 사람, 저 사람 많이 만나보라"라는 말을 한 번쯤 들어본 적 있을 것이다. 그때는 그 의미를 이해하지 못했을지 몰라도, 시간이 지나면 깨닫게 된다. '그래서 많이 만나보라고 했구나' 하고 말이다.

확실히 맺고 끊을 줄 아는 능력을 길러야 한다.
그 후에야 건강하고 성숙한 연애를 시작할 수 있다.

사람은 누울 자리를 보고 다리를 뻗는다.

상대로 하여금,

잘못을 반복해도 괜찮다고 여기게 하는 건

결국엔 '나'다.

진짜 사랑,

제대로 된 연애를 하는 법

깊은 사랑과 애정을 경험한 사람만이 진정한 사랑이 무엇인지 안다. 만약 사귄 지 한참 지났는데도 여전히 "이 사람이 나와 잘 맞는 걸까?" 또는 "계속 만나는 게 맞을까?"와 같은 고민을 하고 있다면, 아직 사랑의 본질을 제대로 이해하지 못한 것이다. 아마도 사랑에 대한 고민이 아니라, 단순히 익숙한 인간관계를 놓기 힘들어 할 확률이 높다.

새로운 사람을 만나기는 쉽다. 그러나 익숙했던 사람을 잃는 것은 정말로 어렵다. 사랑과 이별에 대해 고민하는 많은 사람은, 알고 지내던 사람을 떠나보내는 과정에서 큰 고통을 겪는다.

이 과정에서 가장 중요한 것은
"사랑이 아닌 관계를
사랑으로 착각하지 말라"는 것이다.

기본적인 예의를 지키지 않는 사람은
당신을 진정으로 사랑하는 것이 아니다.

예를 들어, 상대방이 자주 연락하지 않거나 잠수를 타고 회피한다면, 혹은 이성 친구가 지나치게 많거나 술 약속이 잦고 음주 운전 같은 무책임한 행동을 한다면, 그 사람 안에는 당신을 향한 사랑이 없다고 봐야 한다.

소중한 사람을 두고서는 절대 그런 행동을 할 수 없다. 진정으로 사랑한다면 내가 사랑하는 사람을 걱정스럽게 만드는 행동은 결코 할 수 없기 때문이다.

연애는 두 사람이 함께하는 것이다. 혼자서만 해나갈 수 있는 것이 아니다. 내가 아무리 사랑을 주었더라도 상대방에게서 그만큼의 사랑을 돌려받지 못했다면, 만날 가치가 있는지 고민해야 한다.

진짜 사랑은 진심 어린 감정을 주고받는 경험을 통해서야 비로소 알 수 있다. 이걸 알아야 이후의 인생에서도 건강한 사랑을 이어갈 수 있다.

이제부터라도 '사랑받으면서' 연애하라.

Part
2

평생
함께할 사람을
파악하는 기술

연애 트라우마가

있다면

사람은 누구나 크고 작은 트라우마를 가지고 있다. 특히, 연애에 대해 안 좋은 기억이 있는 사람은 이번에도 또 자신의 연애가 실패할 거라는 생각에 사로잡히기 쉽다. 하지만 이 생각 자체를 버려야 한다. 이와 관련해 다음 두 가지 중요한 사실을 명심하라.

첫째, 지금까지 만난 사람과 앞으로 만날 사람은 완전히 다른 사람이다.

둘째, 내 태도가 결국 상대방의 태도를 결정한다.

예를 들어, 이전 연인이 바람을 피웠거나, 이성 친구 문제로 골치를 썩였거나, 술버릇 등 안 좋은 버릇이 있었다면, 그 경험 때문에 새로운 상대에게도 비슷한 의심을 품기 쉽다. 그리고 이러한 생각은 무의식적으로 말이나 행동으로 드러나기 마련이다.

평소 같으면 그냥 넘어갈 일도, "답장이 늦네?"가 아니라 "넌 어디서 뭘 하고 있길래 전화도 안 받아?"가 되고, 심지어는 "난 남자(또는 여자)를 못 믿어. 그래서 너도 못 믿겠어” 같은 극단적인 말까지 하게 된다.

그 결과, 상대방은 "도대체 왜 그러느냐"며 답답해하고, 그 제야 "사실 내가 이런 경험이 있어서 그래"라고 털어놓게 되는 것이다.

처음에는 상대방도 '예전에 많이 상처받았구나. 내가 더 잘 해줘야겠다'고 생각한다. 하지만 같은 의심이 반복되고 시 간이 지나면, 상대방도 결국 관계에 회의적인 자세가 될 수 밖에 없다.

'나도 할 만큼 했어. 어차피 믿어주지 않는다면 나도 내 마음대로 할 거야.'

내가 가진 트라우마가 결국 상대방의 행동을 결정한다는 말은 이런 의미다. 그렇다고 상대방을 무조건 믿으라는 이야 기는 아니다. 사람을 선입견 없이 있는 그대로 받아들이는 태도가 중요하다.

만약 상대방이 내 과거의 상처를 떠올리게 만드는 행동을 한 다면, 정이 더 깊게 들기 전에 과감히 정리하고 새로운 사람 을 만나야 한다. 그런데 많은 사람이 여기서 고민에 빠진다.

"겨우 한두 달 만났는데, 시간이 지나면 나아지지 않을까?"
이런 생각 때문에 끝내지 못하고, 자신이 상대를 바꿀 수 있다고 생각하며 관계를 억지로 이어간다. 하지만 이런 관계는 어차피 잘 이어지지 않는다. 왜냐하면 내가 준비되지 않았기 때문이다. 내 그릇이 종지만 한데, 거기에 냉면, 짜장면, 짬뽕을 모두 담을 수는 없다.

이처럼 내 시야가 두려움 때문에 좁아진 상황에서는 상대방에게 좋은 점이 있다 해도 무엇 하나도 제대로 직시하지 못한다.

무슨 일이든 닥치기 전에 미리 걱정할 필요는 없다.
어차피 미래에 어떤 일이 벌어질지는 아무도 모른다.

설사 이번에 만나는 사람과 잘 이루어지지 않더라도,
이렇게 또 한 번 연애를 경험하고,
발전하면 되는 것이다.

이 사람,

무조건 믿어도 될까?

연애는 신뢰를 기반으로 한 관계다. 하지만 연애할 때 상대방을 어디까지 믿어야 할까?

어떤 사람들은 상대가 조금만 잘해줘도 절대적으로 의존하고, 그에게 깊이 빠진다. 그래서 무슨 말을 해도 철석같이 믿어 버린다. 그래서 연애 초반에는 상대가 믿을 만한 사람인지부터 판단해야 한다. 초반에만 잘해주는 사람인지, 아니면 금세 마음이 변할 사람인지.

확신이 들 때, 그때 믿음을 주어도 늦지 않다. 충분히 상대를 살펴보고 관계를 진전시켜라.

상대방이 나에게 하는 만큼만 반응하는 것도
그의 진면목을 확인할 수 있는 방법이다.

상대방이 나를 어떻게 대하는지 관찰하면서
그 모습을 따라 하고
상대방의 모습을 살펴라.

이 모든 과정이 전부 경험으로 쌓이고

결국 관계를 쌓아가는 내공이 된다.

이때 가장 주의해야 할 점은, 먼저 나서서 무조건 잘해주려는 태도다. 상대방은 '이 정도만 잘해줘도 나를 완전히 믿네'라고 생각하며, 당신을 가벼이 여길 가능성이 있다.

상대가 그렇게 생각하는 순간부터 당신의 연애는 을의 연애로 그 포지션이 바뀐다.

6개월이나 1년 이상, 충분한 시간이 지나도 상대가 꾸준히 잘해주고 한결같은 마음을 보여준다면, 그때는 자연스럽게 마음이 열리면서 신뢰가 싹틀 것이다. 그 순간부터 비로소 서로 재지 않고 사랑을 주고받으며 진정한 연애를 할 수 있다.

자신의 감정에 솔직해지고,

고백을 두려워하지 마라.

당신의 진심과 매력을 알아줄 상대를 만나면,

그 사랑은 자연스럽게 이어질 것이다.

소개팅할 때

남녀의 시선 차이

"나는 왜 소개팅만 하면 잘 안될까?"

소개팅이 기대만큼 잘 풀리지 않는 사람들이 주로 고민하는 내용이다. 특히 남성들이 이 문제로 많이 고민한다.

소개팅에서 남성과 여성이 상대를 보는 시선은 엄청나게 다르다. 남성은 주로 여성의 외모나 스타일에 집중한다. 반면 여성은 상대방의 첫 느낌, 그리고 세부적인 것들에 주목한다. 예를 들면, 셔츠와 바지가 잘 다려져 있는지, 피부가 깨끗한지, 차를 가져왔다면 세차 상태는 어떤지 등을 살핀다.

남성이 만약 소개팅 자리에서 너무 억지스레 꾸민 티가 난다면, 여성에게 역효과를 낸다. 오히려 부담스러울 수 있다. '이 사람은 평소에도 이렇게 다닐까, 아니면 오늘 만반의 준비를 하고 나온 걸까?'

후자라고 느껴지면 자연스럽지 않게 보이고, 상대방에게 부담을 줄 수 있다. 꾸미는 것도 적당히 하고, 평소의 자연스러운 스타일을 유지하는 것이 중요하다.

대화 역시 성공적인 소개팅의 핵심이다. 말이 끊기지 않고 자연스럽게 이어져야 한다. 상대방의 이야기에 "네, 그렇죠"

같은 단답으로 끝내면 대화가 뚝 끊기고 어색한 정적이 흐른다. 상대의 말에 적절하게 반응하며, 다음 질문으로 자연스럽게 이어가려는 노력이 필요하다.

소개팅에서 가장 중요한 것은
'내가 잘 보여야 한다'라는
부담을 버리는 것이다.

나와 맞지 않는 사람에게까지
좋은 인상을 남기려고 애쓸 필요는 없다.
이 사람과 안되면 다음 소개팅을 하면 된다.

첫인상부터 나와 맞지 않는 느낌이 든다면, 억지로 이어 나갈 필요는 없다. 상대방이 나를 마음에 들어 하지 않을 수도 있고, 나 역시 상대가 마음에 들지 않을 수 있다. 단지 이번 소개팅에서 내 사람을 만나지 못했을 뿐이다. '매번 소개팅이 잘 안되는 나'라는 생각에 매몰될 필요는 없다.

언제 나와 맞는 상대가 나타날지 모르는 일이다. 이번 버스가 지나가도 다음 차는 또 오고, 막차가 끊겨도 내일 다시 온다. 소개팅이 잘 안되었다고 거기에 많은 의미를 부여하지 마라. 소개팅에서 사람을 탐색하는 과정 자체를 게임처럼 즐겨야 한다.

끼리끼리

만나는 이유

끼리끼리 만난다는 말은 100퍼센트 사실이다. 결국, 사람은 딱 자기 수준에 맞는 사람을 만나게 되어 있다.

늘 말했듯이, 좋은 사람을 만나고 싶으면 나부터 좋은 사람이 되어야 한다. 물론 처음엔 '뭘 그렇게까지 해야 하지? 이 정도면 됐지' 하고 생각할 수도 있다. 그러다 시간이 지나면 깨닫게 된다.

내가 가진 생각과 수준만큼만 상대방을 보고, 판단하고, 만나게 된다는 것을. 결국 내가 완벽하다고 느끼는 수준만큼의 사람과 관계를 맺게 되는 것이다.

미성숙한 사람은
계속 미성숙한 사람을 만난다.

혹여 진짜 괜찮고 성숙한 사람을 만나게 된다 해도,
내 부족함이 상대에게 금방 드러나기에
결국 관계는 금방 깨지게 된다.
이것이 연애의 냉혹한 현실이다.

그렇지만 내가 성숙하고 준비가 되어 있다면 이야기는 달라진다. 성숙한 사람은 자신에게 걸맞은 사람에게 매력을 느끼고, 관계를 쉽게 저버리지 않는다. 내가 가진 가치관, 생각, 철학, 연애의 기준. 결국 이 모든 것이 자신과 비슷한 사람을 만나게 한다.

좋은 사람을

만나는 방법

누군가를 만나고 알아가는 과정에서 던지는 질문이 그 관계를 결정짓는 데 큰 역할을 한다.

"네가 좋아하는 스타일은 어떤 느낌이야?"
"이상형이 누구야?"
"어떤 음식 좋아해?"

이런 질문들은 당장은 대화를 이어가는 데 유용할 수 있다. 하지만 이런 질문만으로는 상대방을 깊이 알 수 없다. 이런 정보는 만나다 보면 자연스럽게 알게 되는 것들이다. 말 그대로 어색함을 상쇄하기 위한 시도에 불과한, 물으나 마나 한 질문들이다.
그 대신 이런 질문을 던질 수 있는 사람이 되어야 한다.

"넌 꿈이 뭐야?"
"나중에 어떤 사람이 되고 싶어?"
"10년 뒤에는 어떻게 지내고 있을까?"

이처럼 가치관이나 신념에 관한 질문을 던져볼 것을 권한다. 이런 질문들에 대한 답은 상대방이 먼저 꺼내기 어려운 것들이다. 하지만 이런 질문을 하고 그 답을 듣는 과정을 통해 서로의 마음속 깊이 자리한 생각들을 알 수 있고, 그 생각들을 맞춰 가면서 한 단계 더 나아갈 수 있다.

그렇다고 이상적인 대화만 하라는 말은 아니다. 철학적이고 현학적인 대화가 아니라, 상대의 실질적인 가치관과 꿈, 그리고 삶의 방향을 알 수 있는 대화이면 충분하다.

**이제까지 사소한 질문들만
주고받지는 않았는가?**

**새로운 사람을 만날 때는
중요한 질문을 자주 주고받으라.**

상대가 나와 맞지 않는다고 느껴질 때

상대의 태도가 애매모호할 때

그때가 바로 냉정해져야 할 순간이다.

진짜 좋은 사람은

절대 헷갈리게 하지 않는다.

답은 이렇게나 명확하다.

남자 보는 눈이

없는 여자

사람 보는 눈, 즉 안목은 대인 관계에서 꼭 필요한 능력이다. 상대방이 어떤 사람인지, 이 관계가 나에게 어떤 영향을 미칠지 판단할 수 있는 능력이 있어야 진정으로 괜찮은 사람을 가려낼 수 있다.

지금 누군가를 만나거나 썸을 타고 있는 상황에서 아무 생각 없이 단순히 감정이 이끄는 대로만 연애하는 사람은 스스로 고생을 자처하는 것과 다름없다.

사랑에는 감성만큼이나 이성도 필요하다. 이성적인 판단 없이 감정만 맹목적으로 좇다가는, 결국 상처와 스트레스가 가득할 수밖에 없다.

이 사람과 연애를 시작하면
나를 힘들게 할 것 같다는 직감,
그 느낌이 올 때
과감히 "여기까지다"라고 결정해야 한다.
그게 안목 있는 사람의 자세다.

하지만 경험이 부족하거나 사람을 볼 줄 모르는 사람은 이런 경고 신호를 무시하고 "그래도 한 번 만나 보자. 괜찮은 사람일 수도 있지"라며 관계를 이어간다. 그리고 연애하면서 시달리고, 비슷한 실수를 반복하며 차츰 자신을 소모하게 된다.

이런 경험이 쌓이면서 이제는 변해야겠다는 깨달음을 얻기는 하지만, 20대 후반, 30대가 돼서야 겨우 아는 것은 문제가 될 수 있다.

또한, "마음이 약해서 상대방을 잘라내지 못한다"라는 핑계로 고통스러운 관계를 이어가는 사람도 있다. 하지만 마음이 약하다는 이유 하나만으로 상대와의 고통스러운 미래까지 감당하려는 선택 역시 자신을 고통 속으로 내모는 행동이나 다름없다.

**왜냐하면 사랑보다 중요한 것이
'나'와 '내 인생'이기 때문이다.**

사람 보는 눈은 경험을 통해 길러진다. 실수를 반복하지 않겠다는 결단과 나를 위해 더 건강하고 행복한 선택을 하겠다는 마음가짐이 중요하다. 이것이 진정으로 나를 지키고, 더 나은 관계를 만들어 가는 첫걸음이다.

먼저 고백하면

별로일까?

"여자가 먼저 좋아하고 고백하는 것은 별로일까요? 마음을 털어놓고 싶다가도 그 사람은 제게 마음이 없을까 봐 망설여져요. 그럼 제 입장만 곤란해지잖아요."

이렇게 말하는 이유는 자신의 감정보다 상대방의 반응과 입장을 더 중요하게 여기기 때문이다. 하지만 사실 중요한 건 상대방의 반응이 아니라, 내가 어떤 사람인지와 내가 그 사람을 얼마나 좋아하는지이다.

또한 내가 좋아하는 걸 들킨 마음이 부끄럽지 않도록 상대 쪽에서 먼저 고백해 왔으면 하고 바라는 자세는 상대방에게 부담감을 안길 뿐이다. 시작부터 부담스러운 관계의 결말은 뻔하다.

상대에게 고백을 어떻게 할지,

고백해도 괜찮을지를 고민하기 전에

자신을 객관적으로 살펴봐야 한다.

내가 어떤 매력을 가진 사람인지, 어떻게 살아왔는지 생각해 보자. 왜냐하면 내 매력이 지금 고백하려는 사람에게 통하지 않을 수 있지만, 다른 사람에게는 충분히 전해질 수도 있기 때문이다. 자신감과 자존감이 높아질수록 고백의 성공률도 자연스럽게 높아진다. 스스로 사랑받을 가치가 있다고 믿는다면, 그 믿음은 상대방에게도 전달된다.

만약 고백이 실패한다면?
그것 또한 괜찮다.
그 사람이 내 매력을 알아보지 못했을 뿐이다.

세상에는 나의 매력을 알아보고 진심으로 사랑해 줄 수 있는 사람들이 많다. "내가 좋아하는 사람, 저 사람 아니면 안 돼"라는 생각은 버리자. 사랑은 당연하게도 한 사람에게만 머무르지 않는다.
당신의 매력을 알아보고 소중히 여길 사람을 만나기 위해, 자신을 더 사랑하고 자신감 있게 표현하는 자세가 중요하다. 고백은 내 진심을 표현하는 용기일 뿐, 설사 실패한다고 해서 내 가치가 변하지는 않는다.

더 사랑하는 사람이

항상 지는 건 아니다

"여자와 남자 중 누가 더 좋아해야 연인 관계가 오래 지속될까요?"

상담하다 보면 자주 이런 질문을 받는다. 사실, 누가 더 좋아하느냐는 관계의 지속에 있어 핵심적인 요소가 아니다.

한쪽이 상대방을 오랫동안 압도적으로 더 좋아해 온 커플은 대부분 큰 문제를 안고 있다. 이런 관계는 건강한 사랑이라기보다는 이별에 대한 두려움 혹은 상대를 붙잡아두려는 집착에 기인한 경우가 많다.

예를 들어, 한쪽이 상대방의 문제 행동이나 잘못을 감당하면서도 관계를 끌고 간다면, 그것은 진정한 사랑이 아니다. 상대방이 속을 썩이고 신뢰를 깨뜨리더라도 "나는 그 사람을 너무 좋아하니까"라며 관계를 유지하려 한다면, 그것은 오히려 자신의 상처를 더 깊게 만들 뿐이다.

관계가 올바르고 건강한 방향으로 오래 지속되려면, 누가 더 많이 좋아하는지가 아니라 서로에 대한 신뢰와 이해가 쌓여야 한다. 사랑의 감정은 관계의 시작을 열어주는 열쇠일 뿐, 그것만으로 관계를 지속할 수는 없기 때문이다.

중요한 것은 서로를 얼마나 알고, 존중하며, 신뢰를 쌓아가고 있는지다.

연애에서 남녀의 감정 크기는 크게 중요하지 않다.
누가 더 좋아하느냐를 따지기보다는
서로가 얼마나 성숙하게 관계를 만들어 가는지에
초점을 맞추어야 한다.

서로의 감정을 존중하고, 어려움이 생겼을 때 함께 해결하려는 노력을 기울일 때, 관계는 오래 지속되고 더 깊어질 수 있다.

썸인지 어장인지

한 번에 구별하는 기술

썸과 어장, 진짜 관심과 가짜 관심은 어떻게 구별할 수 있을까?

상대방의 태도와 행동을 통해 충분히 알아볼 수 있다. 몇 가지 주요 신호를 살펴보자.

1. 연락 주기

어장 관리를 당하고 있다면, 상대의 연락 주기가 들쭉날쭉할 가능성이 크다.

예를 들어, 답장이 오기까지 몇 시간씩 걸리거나, 상대가 연락하고 싶을 때만 연락이 오는 경우다. 며칠 동안 아무 연락이 없다가 "지금 뭐 해? 나올래?" 같은 뜬금없는 연락이 온다면 어장 관리일 확률이 높다.

꾸준히 연락을 주고받는 것이 아니라 본인이 필요할 때만 당신을 찾는 것처럼 느껴진다면, 이는 어장 관리다.

2. 데이트 비용 문제

요즘은 데이트 통장 등을 활용하여 데이트 비용을 관리한다고 한다. 이때 어장을 치는 사람은 데이트 비용을 아끼거나 아예 쓰지 않으려고 한다.

'어장 관리인데 왜 내가 돈을 써야 해?'라는 태도로 상대방에게 비용을 떠넘기거나, 계산을 피하려는 모습을 보인다. 잊지 마라. 대개 사랑하는 사람에게는 돈을 기꺼이 쓰지만, 어장 관리 대상에게는 자신의 돈을 쉽게 쓰지 않는다.

3. 약속 시간과 일정 문제

어장 관리를 하는 사람은 약속 시간을 자기 멋대로 정하는 경우가 많다.

"지금 만날래?", "어디야? 밥 먹자" 같은 즉흥적인 연락이 잦다면 어장 관리일 가능성이 크다.

반대로 당신이 먼저 약속을 잡으려 하면 거부하거나 미루는 태도를 보일 것이다. 즉흥적인 연락으로 만남을 시도하면서 당신의 계획에는 잘 맞춰주지 않는다면, 이는 어장 관리의 신호다.

4. 고백과 표현 방법

어장을 치는 사람은 절대 먼저 고백하지 않는다.

"너 좋아해. 우리 사귈까?" 같은 명확한 표현은 하지 않고, "그냥 편한 관계로 지내자", "천천히 알아가자" 같은 모호한 말로 상대를 혼란스럽게 만든다. 이런 태도를 보인다면, 상대는 당신을 진지하게 생각하지 않을 가능성이 크다.

누구든 진심으로 상대를 좋아한다면, 절대 헷갈리게 하지 않는다. "너를 좋아해", "너와 만나고 싶어"라는 명확한 표현이 있어야 진짜 관심이다.

5. 스킨십의 태도

이런 타입은 종종 스킨십만을 목적으로 관계를 유지하려 한다.

특히 사귀기 전부터 관계를 맺으려고 시도한다면, 이는 어장 관리일 가능성이 크다. 진심으로 상대를 좋아하는 사람은, 스킨십 이전에 감정적인 유대와 관계의 명확성을 우선시한다.

물론, 스킨십을 어떻게 생각하는지는 사람마다 다르다. 진심으로 좋아해서 함께 밤을 보내고 싶은 경우도 있을 수 있다. 하지만 상대가 당신을 진심으로 좋아해서 같이 시간을 보내고 싶어 하는지, 아니면 단순히 오늘 하루를 즐기고 싶은 것인지 냉정하게 들여다보면 차이는 분명하게 느껴질 것이다.

진짜 관심은 헷갈리지 않는다.
상대가 꾸준한 관심과 명확한 표현을 통해
당신에게 진심을 보인다면,
이것이 진짜다.

SNS로 만나기 전에

기억해야 할 것

최근에는 게임, SNS, 소개팅 앱 등을 통해 누군가를 만나서 사귀는 일이 매우 흔해졌다. 그렇지만 랜선 연애의 시작을 주저하는 사람들 또한 적지는 않다. 사실 이들은 게임이나 앱 자체에 대한 의구심보다 이 방식을 통해 만난 사람에게 불안을 느낀다.

예를 들어, 게임에서 만난 상대와 장거리 연애를 하게 될까 걱정하거나, 소개팅 앱을 통해 만난 사람이 자신을 가볍게 여기지 않을까 염려한다. 하지만 이런 고민은 결국 연애를 시작할 준비가 되지 않았음을 의미한다.

자신의 사람 보는 눈이 정확하다는 확신이 있다면, 만남의 방식이 랜선이든 우연이든 중요하지 않을 것이다. 가령, 배달 앱으로 음식을 시켰는데 맛이 없었다면 "이 음식점이 별로네"라고 생각하지, "이 배달 앱이 별로네"라고 하지는 않는다. 랜선 연애도 마찬가지다.

만남의 방식이 문제가 아니라, 그 사람 자체가 당신과 맞지 않는 것이다. 그런 사람을 일찌감치 끊어내는 것은 결국 자신의 몫이다.

랜선 연애는 종종 외로움에서 시작된다. 이러한 외로움은 조바심을 부르고, 조바심은 상대방에게 성급하게 흠뻑 빠지게 하기 쉽다. 그러므로 온라인을 통한 만남은 외로움이 사라질 정도로만, 가벼운 마음으로 시작하는 것이 좋다.

결국 중요한 것은 사람이다.
어디서 만났는지에 집착하기보다
그 사람이 어떤 사람인지,
나에게 어떤 의미인지에 더 집중해야 한다.

랜선이든 현실에서든, 관계의 깊이는 결국 두 사람의 진심에서 비롯한다는 사실을 잊지 마라.

상대방의 진심을

간파하는 방법

"나의 집착이 상대를 쓰레기로 만든다."

이 말은 연애를 시작하려는 사람들에게 꼭 해주고 싶은 조언이다. 사람의 심리는 참으로 신기하다. 상대방이 나를 신경 쓰지 않을수록, 상대방의 관심을 갈구하게 되고, 그의 모든 행동이 궁금해진다. 하지만 연애 초반에는 집착을 버려야 한다.

"네가 뭘 하든 난 신경 안 써"라는 태도로 상대방을 방목해 보라. 그가 밤늦게 술을 마시러 다니든, 이성 친구를 만나든, 일에 몰두하며 나를 신경 쓰지 않든 내버려둬야 한다. 그렇게 하면 비로소 상대의 진심을 알 수 있다.

만약 내가 집착하지 않았을 때, 상대방이 '편하다. 내가 하고 싶은 거 다 할 수 있어서 좋다'라며 이성 친구를 만나거나, 내게 소홀해지는 모습을 보인다면? 그는 당신을 진지하게 여길 의사가 없는 것이다. 그 관계는 더 이상 붙잡을 가치가 없다.

반대로 상대방이 '왜 나를 방목하지? 내게 관심이 없나?'라며 당신에게 더 다가오는 모습을 보인다면? 그가 이 관계를 진지하게 생각하고 있다는 신호다.

이런 사람과는 좋은 관계를 이어갈 수 있다. 하지만 방목은 연애 초반, 감정이 깊어지기 전에만 가능하다. 이미 연애가 깊어진 관계에서 갑자기 방목하면 상대방은 사랑이 변했다고 느끼며 관계가 틀어질 수 있다.

**따라서 연애 초반 한두 달 동안만
간섭하지 말고 상대를 지켜보아야 한다.**

집착은 관계를 망친다. 간섭과 집착은 상대방을 눈치 보게 만들고, 때로는 선의의 거짓말을 하게 만든다. 이때 상대방의 거짓말이 몇 번 들키면 둘 사이의 신뢰가 무너지고 불화가 시작된다.

그렇기에 연애 초반에는 다음과 같은 마음가짐이 필요하다.

"네가 하는 거 봐서 내 마음을 열지 말지 결정할 거야."

"아니다 싶으면 언제든 헤어질 각오가 돼 있어."

이런 태도로 상대방을 대할 때, 비로소 제대로 만날 사람인지 확인할 수 있다.

**불안을 멈추고
나답게
사랑하기 위하여**

얼마나 만나보고

시작하면 좋을까?

오랫동안 서로를 탐색한 후에 시작하는 교제와 몇 번 만난 뒤 바로 본격적인 연애로 발전되는 교제 중 어떤 방식이 나을까?

나는 후자를 권한다. 지금껏 상대방을 면밀하게 살펴보라고 했기에 이 답이 의아하게 여겨질 것이다. 하지만 이 소신은 확고하다. 그 이유는 다음과 같다.

누구에게나 약점은 있고, 그중에서도 치명적인 단점이 있다. 그리고 대부분은 이를 숨기고 살아간다. 그렇기에 숨겨진 본모습은 둘 사이가 많이 가까워지고, 신뢰가 쌓인 후에야 서서히 드러난다. 예를 들자면, 술버릇, 나쁜 습관 혹은 치명적인 성격 결함 같은 것들이다.

단점을 잘 아는 사람일수록 사귀기 전에는 자신의 본모습을 철저히 숨기고 좋은 모습만 보이려 한다. 이것이 내가 오랫동안 알아가며 관계를 쌓다가 교제를 시작하는 것보다, 상대방이 마음에 든다면 빠르게 교제를 시작하는 방식을 선호하는 이유다.

오랫동안 알아본다고 해서

그 사람을 완전히 파악할 수 있는 것은 아니다.

사귀기 전에는 항상 조심스러운 모습만 보이기 때문이다.

오히려 교제를 시작한 뒤의 모습을 보고 판단하는 것이 더 현실적이다. 사귀고 나서 이 사람은 아니라는 판단이 들면, 그때는 과감히 관계를 정리하면 된다.

너무 긴 탐색은 또 다른 문제를 만든다. 그에 대해 많은 것을 알게 되는 만큼, 중요한 부분을 놓칠 확률도 높아진다. 그리고 만약 사귀었다가 잘 맞지 않는다면, 오랜 시간 쌓아온 관계 때문에 더 끊기 어려워지고 실망도 커진다.

물론 내 생각이 정답은 아니다. 모든 사람에게 이 방식이 맞는 것도 아니다. 하지만 한쪽 방식에만 치우친 연애를 해왔다면, 다른 연애 방식을 경험해 보는 것도 좋은 선택일 수 있다. 내 조언은 "다양한 연애 방식을 경험해 보라"는 의미로 받아들여 주길 바란다. 새로운 시도는 더 넓은 시야로 새로운 관계를 쌓을 가능성을 열어줄 것이다.

부담스럽지 않게

다가가는 첫걸음

서로 인사만 주고받는 사이일 때 부담 없이 다가가는 노하우가 있다. 먼저, 상대방의 성향을 파악해야 한다.

상대와 직접 대화를 나눈 적이 없더라도, 그 사람의 행동이나 주변 친구들을 관찰하면 대략적인 성향을 파악할 수 있다. 이 정보를 바탕으로 자연스럽게 접근할 방법을 고민하면 된다.

상대방의 성향이 파악되지 않아 막막하게 느껴질 수도 있다. 그렇지만 "거절당해도 밑져야 본전"이라는 마음으로 자신감을 갖고 말을 걸어보는 것이 중요하다. 자신감이 있으면 상대의 성향을 정확히 모른다고 해도 크게 문제 되지 않는다.

자신감은 오히려 상대방에게 긍정적인 인상을 줄 수 있다.

상대방에게 말을 거는 일을

복잡하게 생각하지 마라.

가벼운 인사말에서 시작해

대화의 물꼬를 틀 수 있다.

"요즘 어떻게 지내세요?", "이 근처에 좋은 카페 아세요?" 같은 가벼운 질문으로 자연스럽게 대화를 시작하면 된다.

모든 관계는 복잡하게 생각할수록 어려워진다. 상대방에 대한 큰 부담감 없이, 자신감을 가지고 가벼운 마음으로 접근할 때 오히려 자연스럽게 관계를 발전시킬 수 있다.

밀당은

이렇게 하는 것이다

밀당이 연애를 흥미롭게 만들 수는 있지만, 이는 기계적인 전략이나 다름없다. '상대방이 이렇게 나오면, 나는 이렇게 행동해야지' 하고 작전을 모두 짜놓고 마치 공식처럼 대응하기 때문이다.

좋은 연애는 두 사람이 동등한 위치에서 맺어질 때 가능하다. 그러나 밀당을 반복하는 관계에서는 자연스레 주도권이 한쪽으로 기울고, 결국 갑과 을의 관계가 만들어질 가능성이 크다.

밀당을 잘하는 사람이 갑이 되고,
그에 끌려가는 사람은 을이 된다.
이런 구조는 연애를 균형 잃은 방향으로 몰아가며,
결코 건강한 관계를 만들어 낼 수 없다.

본격적으로 연애가 시작된 상황이거나 결혼을 앞둔 관계에서는 갑과 을의 구도가 존재해서는 안 된다. 이런 사랑은 순수한 사랑과는 180도 다른 사랑이라고 보면 된다.

그렇다고 해서 갑과 을의 연애가 무조건 나쁜 것만은 아니다. 때로는 그런 관계를 경험하며 상대의 본성을 알아채는 눈, 즉 안목을 기를 수도 있다.

연애는 마치 종착역에 도달하기 전 여러 정거장을 지나는 기차와 같은 과정을 거친다. 어느 정거장에서 타고 내릴지는 당신의 선택이다. 방향을 잘 잡으면 종착역에 더 빨리 도달할 수 있다. 반대로 엉뚱한 정거장에서 내리면 더 많은 시간을 헤매게 될 것이다.

예외적으로 밀당이 필요할 때도 있다. 예를 들어, 서로의 존재가 너무 당연해져서 상대방이 권태를 느끼는 순간이 찾아왔을 때다. 이럴 때 평소와는 다른 모습을 보여주는 것이 관계에 변화를 줄 수 있다.

주말에 친구와 약속을 잡거나 새로운 일정을 만들어 보는 것, 혹은 지인들과 더 적극적으로 연락하는 모습을 보이는 것도 하나의 방법이다. 이런 행동은 상대방에게 "왜 갑자기 안 하던 행동을 하지?"라는 의문과 함께 호기심을 불러일으킨다. 당신의 새로운 모습에서 긴장감을 느끼고 새로운 매력을 발견할 수 있다.

결국 밀당은 상황에 따라 적절히 이용해야 한다. 기억해야 할 것은 이 모든 과정이 더 나은 사랑, 더 나은 자신을 위한 경험이라는 사실이다.

애쓰지 않을 때

더 끌리는 이유

상대방의 마음을 살랑살랑 흔드는 기술이 있을까? 사실 그 방법은 간단하다. 내 본연의 매력을 보여주면 된다. 이때 의도적으로 매력을 뽐내려 하기보다, 진짜 나다운 모습을 드러내는 게 중요하다.

그런데 많은 사람이 이 본모습을 보이기 어려워 한다. 그 이유는 상대방보다 내가 더 좋아하고, 내 모습에 자신이 없기 때문이다. 예를 들어보자.

아는 여동생이 있는데, 그녀가 나를 좋아하는 게 확실해서 '조금만 호의를 보여도 만날 수 있겠다' 하는 확신이 든다. 이런 상황이라면 내가 뭘 하든 그녀는 나를 좋아할 것이다. 그런데 현실에서는 이런 확신이 없는 경우가 대부분이다. 상대의 속마음을 모르기 때문에, "이 사람이 지금 무슨 생각을 하는 거지?" 하는 생각에만 몰두하게 된다.

결국, '어떻게 해야 이 사람이 나한테 넘어올까?'를 궁리하다가 정작 자신이 해야 할 일에 집중하지 못한다. '나를 좋아할까, 아닐까?' 긴가민가 고민하다가 자신감과 평정심을 잃는다. 그래서 썸 단계에서는 상대방의 의중을 파악하고 어느 정도의 호감이 있다고 판단될 때, 본격적으로 자신의 매력을 펼치는 것이 중요하다.

상대도 이미 내게 마음이 있음을 확인하고
여유를 가지면
그 편안함이 오히려 상대방에게 큰 매력으로 작용한다.

잘해주는데도

자꾸 상대방이 떠난다면

내 나름대로는 최선을 다해 상대에게 잘해줬다고 생각했는데 자꾸 이별하게 되는 경우, 고민이 깊어질 수밖에 없다. 상대방의 마음이 쉽게 식지 않도록 하기 위해서는 어떻게 해야 할까? 이 질문의 답은 상대가 아닌 나에게 있다.

상대를 위해 애쓰는 대신, 자신을 더 소중히 여기며 살아야 한다. 상대에게 배신당하지 않는 가장 확실한 방법은 자신을 최우선으로 생각하는 것이다. 잘 보이려고 애쓰지 말아야 한다. 그런 노력은 그 가치를 알아볼 줄 아는 사람에게만 의미가 있다. 자기 복인지도 모르는 사람에게 헌신해 봤자, 상처받는 것은 결국 나 자신이다.

과거에는 나 역시 비슷한 고민을 했다.

'어떻게 해야 버림받지 않을까? 내가 뭘 잘못했을까?'

하지만 돌아보니, 내가 노력할수록 상대는 더 멀어져 갔다. 더 잘해주려 할수록 상처는 깊어졌다.

'왜 내가 이렇게 잘해주는데도 떠나는 걸까?'라는 생각만 반복됐고, 계속 관계가 깨지다 보니 사람을 믿지 못하고 자괴감에 빠졌다. 그러다 차라리 내 뜻대로 살자고 결심했다.

그러자 이상하게도 애쓰지 않을수록, 나를 좋아한다고 말하는 이들이 나타나기 시작했다.

그들을 보며 오히려 미안하기도 했다.
'날 떠난 사람들도 아마 나를 보며 이런 기분이었겠구나.'
그들은 내 헌신을 고마워하기보다는, 그저 무덤덤하게 여겼던 것이다. 물론 모든 사람이 그런 것은 아니겠지만, 마음을 받는 것에 대한 고마움을 아는 사람은 애초에 지나친 노력을 강요하지 않는다.
그 이후 상대의 마음이 변할까 봐 전전긍긍할 시간을 오히려 나 자신에게 투자하기로 했다. 그러자 세상이 다르게 보이기 시작했다. 그리고 마침내 지금의 연인을 만났다. 사랑을 다시 시작하면서 사랑을 받을 줄 알게 되었고, 일도 더 열심히 하게 되었다.

"왜 매번 관계가 실패할까?"라는
고민에 매달릴 필요는 없다.
차라리 괴로워할 시간에

자신에게 더 많은 시간을 투자하라.

그 시간이 결국 더 나은 관계를 안겨줄 것이다.

하지만 이런 결심은 누가 시켜서 되는 것이 아니다.

스스로 경험하고 깨달아야 한다.

스스로 깨닫기 전까지는 이런 이야기도

그저 쇠귀에 경 읽기일 뿐이다.

'그 사람은 어떤 사람일까?'

좋은 관계는 상대를 향한

이런 호기심에서부터 시작된다.

마음만은

천천히 드러내라

사랑이란 자신을 진심으로 좋아해 주는 사람과 시작할 때 가장 안정적이고 행복하다. 특별한 감정이 없던 관계라 하더라도, 상대에게 서서히 마음을 열며 사귀게 되는 과정은 온전히 자신의 노력과 선택에서 비롯된다.

반면, 상대를 먼저 좋아하며 시작된 관계는 이야기가 달라진다. 이미 자신의 마음을 다 보여준 상태에서 상대의 반응을 기다리는 처지가 되기 때문이다. 이 상황에서는 상대의 작은 행동 하나하나에 신경 쓰게 되고, 상대가 어떻게 나올지 몰라 마음이 조급해진다.

연애 초반에는
감정을 천천히 드러내는 것이 중요하다.
상대가 "왜 표현을 안 하지?" 하고 궁금해할 정도로
애정 표현을 아끼는 것이 효과적이다.

처음부터 "너무 좋아"라는 감정을 솔직히 드러내면, 상대가 부담을 느끼거나 흥미를 잃어 관계가 삐걱거릴 수 있다. 그뿐 아니라, 자신이 표현한 만큼 상대가 보답하지 않으면 실망하거나 불안에 빠지기 쉽다. 따라서 초반에는 마음을 전부 드러내지 말고, 차분히 지켜보는 태도가 필요하다.

상대는 어느덧 당신이 해주는 소소한 표현 속에서 사랑을 느끼게 될 것이다. 그렇게 시간이 지나다 보면 오히려 상대가 당신에게 더 집중하고, 한편으로는 조급해하는 모습을 보게 될 수도 있다. 그 순간, 서로가 진심으로 사랑을 표현할 수 있다.

이전에는 상대의 "사랑해"라는 말에 '진짜일까?' 하고 의심하거나, 더 많은 표현을 기대하며 부족함을 느꼈을 수 있다. 그러나 어느 순간 상대의 "사랑해"에 "나도"라고 답하게 되고, 그 한마디가 가슴 깊이 전해지면서 더 깊은 사이로 발전할 수 있다.

사랑은 타이밍이 가장 중요하다. 그렇기에 중요한 것은 '쉽게 마음을 다 드러내지 않는 태도'이다. 마음을 신중히 열며 상대에게 지속적으로 함께하고 싶어지는 사람으로 남는 것, 그것이야말로 진정한 매력이다.

썸 탈 때

절대 해서는 안 되는 말

사귀는 것도 아니고, 그렇다고 안 사귀는 것도 아닌 관계. 썸 남과의 애매한 만남이 지속될 때 짜증스러울 수 있다. 그럴 때 별생각 없이 저지르게 되는 실수가 "우리 무슨 사이야?" 라고 묻는 것이다.

"우리 무슨 사이야? 썸이야?
사귀는 거야? 앞으로 어떻게 할 거야?"
이런 질문은 관계를 끝내는 지름길이 될 수 있다.

관계를 정확하게 규정하지 않는 것은 아직 상대의 마음이 확실하지 않다는 뜻이다. 본인의 마음이 확실하게 정해진 사람은 상대를 헷갈리게 만들거나 관계를 애매하게 내버려 두지 않는다.

만약 "우리 무슨 사이야?"라고 물었는데도 상대가 명확하게 답하지 않는다면, 그 관계가 앞으로 진전될 가능성은 거의 없다. 따라서 상대의 애매한 태도에 더 이상 흔들리지 마라. 애매한 관계를 원하지 않는다는 뜻을 정확하게 전달하는 것도 중요하다. 만약 이렇게 얘기했는데도 상대의 반응이 미지근하다면 그 관계는 하루라도 빨리 정리하는 편이 좋다.

예를 들어, 당신이 "우리 그만하자. 애매한 사이는 싫어"라고 말했을 때, 상대가 당신을 잃기 싫다면 "우리 사귀자"라는 명확한 대답을 할 것이다. 반대로 "그래, 알았어. 우리 끝내자"라고 한다면 상대의 마음은 그저 그 정도인 것이다. 계속 사귀게 되든 헤어지게 되든 관계가 정리되며, 상대의 진심을 확인할 수 있게 된다.

애매한 관계를 끌어가봤자
서로에게 상처를 줄 뿐이다.
따라서 스스로 관계를 정리하고,
상대의 진심을 직접 확인하려는 용기를 가져라.

애매한 관계는 정리하고, 더 나은 인연을 기다리는 편이 더 현명하다.

권태기의 파도를

넘는 기술

"오랜 연애 끝에 결혼했는데, 요즘 권태기인 것 같아요. 서로 대화조차 잘 하지 않는데 어떻게 해야 할까요?"

권태기란 상대방에게 싫증이 나서 상대방의 숨 쉬는 모습조차 보기 싫어지는 시기를 말한다. 이 감정은 누구에게나 찾아오며, 인간관계에서 피할 수 없는 자연스러운 현상이다.

하지만 권태기를 대하는 태도는 사람마다 다르다. 권태기를 인지할 줄 아는 사람은, 이 시기가 언젠가는 지나가고 극복할 수 있다는 사실을 이해한다. 스스로 노력하며, 상대방에게 미안한 마음을 느끼고 관계를 회복하려는 의지를 가진다.

반면, 권태기를 자각하지 못하는 사람은 이 시기를 받아들이지 못하고 결국 헤어짐에 이른다. 사귀는 사이에서는 권태기를 맞아 헤어지는 선택을 할 수 있다.

그러나 결혼까지 생각하는 상대라서 오래 함께하고 싶다면, 혹은 이미 결혼을 한 상태라면 권태기가 올 때마다 헤어지는 선택을 할 것인가?

결혼 생활은 사랑으로 유지하는 것이 아니다.
의리로 이어가는 것이다.

여기서 말하는 의리는 일반적으로 말하는 의리가 아니다. 배우자가 미워 보이거나 다른 사람에게 설렘을 느끼더라도, 한순간의 감정 때문에 배우자와 가족을 포기하지 않는 책임과 의지를 뜻한다. 이러한 의지가 없는 사람과는 관계를 지속하기 어렵다.

하루 종일 함께하는 부부가 서로에게 좋은 모습만 보일 수는 없다. 당연히 싫은 모습을 숱하게 발견하게 될 것이다. 그렇기에 대부분의 부부에게 권태기가 찾아온다.

이럴 때 권태기를 극복하는 힘은 의리에서 나온다. 두 사람 사이의 의리라는 것은 사랑을 내포한 개념이다. 그렇기에 사랑과 의리를 중요시하는 사람과 함께해야 한다. 그렇지 않은 사람이라면 과감히 헤어져야 한다.

많은 글과 영상이 권태기를 극복하는 방법을 다룬다. 하지만 권태기를 극복하는 방법 자체는 큰 의미가 없다. 권태기를 극복하려는 의지 자체가 중요하기 때문이다.

권태기를 극복할 수 있다는 사실을 아는 사람과 모르는 사람, 혹은 권태기를 느껴 본 사람과 느껴 보지 못한 사람 사이에는 하늘과 땅만큼의 차이가 있다.

권태기는 누구나 겪을 수 있는 자연스러운 감정이다.

그것을 이해하고, 관계를 지키려는

책임과 의지를 가진 사람이

결국 권태기를 넘어 더 깊은 관계를 만들어 갈 수 있다.

사랑싸움을

키우지 않으려면

"제가 여자 친구에게 거짓말하고 몰래 이성 친구를 만나서 술을 마셨는데, 여자 친구가 뒤늦게 알게 됐어요. 계속 다투다가 헤어지자고 하는데 이게 정말 헤어질 만큼 잘못한 일일까요?"

이 질문에 단호하게 답할 수 있다. 이성 친구를 만난 것보다 거짓말을 한 사실이 더 큰 잘못이다.

많은 사람이 거짓말보다는 "몰래 이성 친구를 만났다"는 행동 자체에 초점을 맞춘다. 하지만 상대방이 진짜 화가 난 이유는 거짓말로 인해 신뢰가 무너졌기 때문이다.

거짓말은 단순한 잘못이 아니라, 관계의 신뢰를 무너뜨리고 상대에게 상처를 주는 문제다. 다툼이 시작되면, 이게 다툴 만한 사안인지 헤어질 만한 사유인지는 상대의 입장에서 생각해 보아야 한다.

상대를 속인 것, 이성 친구를 만난 일에 화가 날 수는 있지만, 솔직하게 말하고 이해를 구했다면 상황은 달라졌을 것이다.

거짓말하지 않고 미리 이야기했다면, 별일 없이 넘어갈 수도 있다. 종종 "거짓말하고 싶어서 한 게 아니고, 이야기해도 안 들어줄 것 같아서 그랬다"는 식의 변명을 하는 경우도 있다.

하지만 이런 태도는 자신을 합리화하는 것일 뿐이고, 문제를 해결하려는 자세는 아니다. 갈등을 키우지 않으려면, 내가 하고 싶은 말이 아니라 상대가 듣고 싶은 말을 해야 한다. 상대방이 원하는 대답을 해줘야 상대의 화도 풀리고, 관계도 회복할 수 있다.

사람들이 거짓말을 싫어하는 이유는 단순히 한 번의 잘못 때문이 아니다.

'이 사람이 다음에도 거짓말을 하지 않을까?' 하는 의심이 생기기 때문이다. 이 의심은 쉽게 사라지지 않고 계속 마음 속에 남아 싹을 틔운다.

그 결과, 사소한 말투와 태도까지 이전처럼 받아들이지 못하고, 그로 인해 관계 회복이 점차 어려워지는 것이다. 서로 기분만 상한 채 불신이 깊어지게 된다.

거짓말은 연인 관계에서 단 한 번도 하지 말아야 한다.

거짓말은 신뢰를 무너뜨리는 가장 빠른 길이며,

그 신뢰가 무너지면 관계를 유지하는 것이

점차 불가능해진다.

권태기를 극복할 수 있는 뾰족한 방법이 있다.

바로 두 사람의 관계에 권태기가 찾아왔음을

빠르게 깨닫고,

극복하려는 굳은 의지를 갖는 것이다.

이 마음가짐이 변화의 시작점이다.

절대 연인의 휴대폰을

확인하지 마라

상대방의 휴대폰은 절대 들여다보지 말아야 한다. 만약 상대방이 바람을 피운 것 같거나 의심스러운 행동을 보인다 해도, 휴대폰을 확인할 것이 아니라 관계를 정리하는 편이 더 현명하다.

상대방의 휴대폰을 들여다보려는 행동은 결코 긍정적인 결과를 가져오지 않는다. 이미 상대방이 잘못을 저질렀다고 의심하거나 확신하고 있기 때문이다. 이런 상황에서는 작은 단서라도 발견하려는 태도로 무언가를 찾아내고야 만다.

상대방의 휴대폰을 들여다보고 싶은 충동을 참지 못한다면 스스로에게 물어봐야 한다.

만약 내가 의심하는 바로 그것이

휴대폰 안에 들어 있다면,

그 사실을 받아들일 준비가 되어 있는가?

상대방의 행동이 의심스럽다면 휴대폰을 검사하거나 따지기보다는, 관계를 끝내는 것이 답이다. 상대방의 휴대폰에서 뭔가 의심스러운 것을 발견했다고 가정해 보자. 이를 계기로 크게 다투고, 그 뒤에 계속 만날 것인가? 아니면 싸운 직후 헤어질 것인가? 계속 만난다면 같은 갈등이 또 반복되지 않을까?

휴대폰을 뒤져 무언가를 발견한 사람 중 일부는 상대방을 용서하고 관계를 이어간다. 왜냐하면 이들은 상대방을 너무 사랑하거나, 자신의 방식에 맞추려고 하는 성향이 강한 사람들이기 때문이다. 그렇기에 이들에겐 진정으로 관계를 정리하려는 마음이 없다.

하지만 상대방을 바꿀 수 없다는 진실을 받아들여야 한다. 상대방이 신뢰를 저버렸다면, 그 즉시 관계를 정리하는 것이 건강한 선택이다.

휴대폰 속의 내용은 서로의 사생활이다. 부부 사이라도 상대방의 휴대폰을 몰래 보는 행동은 결코 해서는 안 된다. 상대방이 자거나 자리를 비운 사이에 휴대폰을 훔쳐보거나, 보여 달라고 강요하는 것은 기본적인 신뢰를 무너뜨리는 일이다.

서로 다른 종교를

극복할 수 있을까?

종교 문제로 갈등이 생긴 연인이라면, 200퍼센트 헤어지는 것이 맞다. 종교는 단순한 취향이나 의견 차이를 넘어서서, 개인의 가치관과 삶의 방식에 깊이 뿌리내린 문제이기 때문이다.

만약 다른 종교를 믿는 상대방에게 "왜 기독교를 믿어?" 혹은 "왜 불교를 믿어?"라고 묻는다면, 이는 자신의 종교만 옳다고 여기고, 상대방의 신앙을 존중하지 않는 태도이다. 부모나 집안에서 종교 문제로 교제나 결혼을 반대하는 때도 같은 맥락이다. 이는 상대방의 가치관을 인정하지 않고 자신의 기준을 강요하는 행동이다.

종교가 다르면 결혼 생활 중에도 갈등이 생길 가능성이 크다. 예를 들어, 기독교인은 주일마다 예배를 드리러 가는데, 불교인은 함께 갈 수 없다. 이런 문제는 결혼 후에도 지속적으로 문제를 일으킬 수 있다. 그래서 종교 문제를 이유로 결혼을 반대하는 부모도 적지 않다.

상대방을 사랑한다면

신앙을 바꿀 수도 있지 않겠느냐고

묻는 사람들이 있다.

하지만 신앙심은 사랑과 별개의 문제다.

신앙은 개인의 신념과 깊이 연결된 부분이기에, 사랑으로 단순히 해결되거나 바뀌기 어렵다. 그렇기에 종교 문제로 사사로운 갈등이 생길 가능성이 있다면 애초에 만남을 시작하지 않는 편이 현명하다. 종교 문제를 극복할 자신이 없다면, 종교가 없는 사람이나 같은 종교를 가진 사람을 만나는 것이 더 나은 선택이다. 내 신앙과 믿음을 이해하지 못하는 사람과의 관계는 결국 서로에게 상처를 줄 뿐이다.

결론적으로, 종교는 단순히 서로 다름을 인정한다고 해결되는 문제가 아니다. 서로의 종교를 존중하고 받아들일 준비가 되어 있지 않다면, 관계를 시작하기 전에 이 문제를 신중히 고민해야 한다.

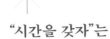

"시간을 갖자"는

말의 진심

"1년쯤 만난 여자 친구가 이렇게 말하더라고요.

'네가 해준 만큼 내가 잘해주지 못해서 미안해. 근데 이런 상황이 너무 힘드네. 이쯤에서 계속 만날지 고민해 보자.'

저는 여자 친구가 일 때문에 너무 바빠서 제게 신경을 못 쓰고, 예전만큼 좋아해 주지 않는 것 같다고 느끼고 있어요. 여자 친구의 말은 미안하다는 건가요, 아니면 헤어지자는 건가요?"

아마도 이런 상황이 온다면 누구나 헷갈릴 것이다. 하지만 여자 친구의 의도는 참고 참다가, 헤어지기 전에 마지막으로 한 번만 더 자신의 마음을 알아달라고 기회를 준 것이다. 다만 상담을 청해온 남성은 바쁜 여자 친구의 상황을 충분히 이해하지 못하고 행동에만 집착했을 가능성이 크다. 여자 친구가 바빠서 일주일에 한 번밖에 못 만난다거나 연락이 뜸했을 때 서운함을 표현하고 스트레스를 줬을 것이다. 참다못한 여자 친구는 결국 이렇게 통보한 것이고 말이다.

이 사연의 경우, 여자 친구가 사연자를 사랑하지 않는 것은 아니다. 다만 그녀는 궁극적으로는 떨어져 있는 시간을 통해 남자 친구도 자신 스스로를 돌아보길 바란 것이다. 그래서 "시간을 갖자"라는 말로 기회를 준 것이다.

이러한 뜻을 알아차리지 못하고 남성이 자신을 돌아볼 생각은 못한 채, 여자 친구에게만 집중한다면 관계는 더 멀어질 뿐이다.

그러니까 기대와 서운함을 내려놓고 본인도 자기 삶에 충실해야 한다. 여자 친구에게 "서로 떨어져 있는 동안 많이 고민해 봤다. 그동안 감정적으로만 행동하며 내 생각만 했던 것 같다. 앞으로는 나도 내 미래를 위해 노력하며 더 성숙한 모습으로 다가가겠다"라는 말을 전해야 한다.

사랑을 증명하는 방법이
자주 연락하고 얼굴을 보는 것만은 아니다.

진정 더 오래 사랑하고 함께하고 싶다면,
그리고 결혼까지 생각한다면,

때로는 덜 보고 덜 연락하며

각자의 삶에 집중하는 것이 옳다.

이런 과정을 통해 관계는 더 깊어질 수 있다.

하지만 상대방의 처지에서 생각하기 어렵다면, 그 이유는 상대방이 그만큼 소중한 존재가 아니기 때문일 수 있다. 간절하지 않기 때문에 상대방의 감정에 이입하거나 배려하고 싶은 마음이 생기지 않는 것이다. 이는 말뿐인 사랑이거나, 깊이가 부족한 풋내기 사랑에 불과하다.

사랑은 상대방의 삶을 이해하고 함께 성장하려는 노력을 통해 완성된다.

상대에게 올바르게
화내는 법

상대방이 잘못을 저질렀을 때, 굳이 화를 내거나 언성을 높일 필요는 없다. 흥분하고 화를 내며 하는 말은 오히려 상대의 변화를 끌어낼 수 없기 때문이다.

상대방도 적반하장으로 같이 화를 내거나, 나 자신 또한 화를 내는 동안 점차 감정을 주체할 수 없어 제대로 된 메시지를 전달하지 못하게 된다.

사실 상대방은 자기 잘못을 조금은 눈치채고 있을지도 모른다. 많은 사람이 무언가 잘못했을 때 어느 정도 잘못을 인지하기 때문이다. 따라서 화를 내기 전에, 상대방이 스스로 깨닫게끔 '미안해지게끔' 유도하는 편이 더 효과적이고 현명한 방법이다.

상대방이 잘못을 눈치채도록 하려면, 이런 말을 먼저 건네보라.

"자기, 뭐 기분 안 좋은 일 있어? 혹시 내가 실수한 게 있다면 말해줘. 사과할게."

이렇게 뜻밖의 사과를 건네면 상대방은 미안함을 느낀다. 지금의 관계를 잘 유지하려는 마음이 있다면 마음이 불편

해서라도 스스로 잘못을 인정하고 먼저 미안하다고 말할 가능성이 크다.

상대방에게 제대로 말도 하지 않거나
일부러 화가 난 티만 내는 태도는 피해야 한다.

이 경우 상대방은 오히려 답답함을 느끼고
상황은 더 악화할 수 있다.

이 방법은 상대방의 작은 실수를 부드럽게 지적하고, 스스로 깨달을 수 있도록 유도할 때 적합하다.
특히 상대방이 쉽게 자기 잘못을 인정하는 사람일 때 효과적이며, 너무 자주 사용하면 오히려 역효과가 날 수 있으니 주의해야 한다. 직접적으로 말을 해도 잘못을 모르는 사람에게는 추천한다.

그 사람과
다시
시작하고 싶다면

재회를 바라기 전에

꼭 생각해 봐야 할 것

재회의 성공률은 얼마나 될까? 단 3퍼센트에 불과하다는 통계치가 있다. 그야말로 바늘구멍이 아닐 수 없다. 그렇기에 재회에 성공한 사람들을 보며 "나도 저렇게 잘될 수 있을 거야"라는 생각은 버려야 한다.

상대의 마음을 되돌려서 재회에 성공했다는 경험담들을 여기저기서 찾아볼 수 있지만, 이 성공 사례가 당신에게도 적용될 거란 생각은 완전한 착각이다. 이제 그만 미련을 버리고, 깔끔하게 헤어지는 게 현명하다.

'재회에 성공하는 방법', '재회하기 위한 첫걸음'과 같은 주제를 다룬 유튜브 영상은 항상 조회수가 높다. 그럼에도 나는 이런 주제를 잘 다루지 않는다. 재회에 관한 모든 조언은 딱 여덟 글자로 요약할 수 있기 때문이다.

"재회는 시간 낭비다."

그렇기에 나는 재회를 극구 반대한다.

재회에 대한 조언을 타인에게 묻는다는 사실 자체가

이미 재회할 수 없는 인연임을 증명하고 있기 때문이다.

연애는 혼자서 하는 것이 아니다. 상대방과 함께해야 하고, 이별과 재회도 마찬가지다. 재회할 사이였다면 이미 당사자끼리 대화를 나누거나 서로 실마리를 찾아갔을 것이다.

주변의 조언은 필요 없다. 만약 나와 상대방 둘 다에게 다시 만나고 싶은 마음이 있었다면 주변에 조언을 구하기 전에 스스로의 힘만으로도 얼마든지 재회에 성공했을 것이다. 하지만 결국 그 사람은 돌아오지 않았다. 그렇지 않은가?

조언을 얻어서 다시 만나게 되었다고 해도 문제다. 상대방이 돌아온 이유가 사랑이나 미련 때문이 아니라면 어떻게 될까? '이렇게까지 노력하니까 기회를 한 번 더 줘보자는 마음'이라면, 동정심에서 시작된 관계는 과연 예전의 사랑과 같을까? 재회를 원하는 마음이 있더라도, 결국 그 관계는 예전과 다르지 않을 것이다.

물론 재회도 하나의 경험이다. 재회 경험을 쌓고 싶다면 한두 번은 괜찮다. 하지만 이를 반복하는 것은 시간 낭비다. 그 시간과 노력을 더 좋은 사람을 만나는 데 쓰는 것이 훨씬 현명하다.

재회하기 위해 애쓰는 동안, 더 좋은 사람과 만날 기회를 놓치고 있다는 사실을 잊지 말자. 그 사람보다 더 좋은 사람은 이전에도 많았고, 앞으로도 충분히 많을 것이다.

그 사람과

다시 만날 수 있을까?

그 사람과 다시 만나고 싶다면, 거울을 들고 그 사람을 찾아가 보라. 그리고 "절대 싫다"고 말하는 상대 앞에서 비참해진 자기 모습을 거울로 확인해 보라.

그 모습을 보고도 여전히 재회를 원한다면, 앞으로 연애는 힘들 수 있다. 어쩌면 혼자 살아갈 준비를 해야 할지도 모르겠다.

당신이 그렇게 비참한 모습을 보였을 때, 상대방은 어떤 생각을 했을까? 한번 생각해 보라. 당신이 반대 입장이라면, 그런 모습을 보이는 사람과 다시 만나고 싶겠는가?

그런데도 여전히 재회를 원한다면, 상대방의 마음을 완전히 이해하지 못하고 있는 것이다.

재회보다 더 중요한 건

"왜 그 사람이 나를 떠났을까?"를 깊이 고민하고,

그 문제 행동을 반복하지 않으려고 노력하는 것이다.

정말 재회할 운명이었다면, 헤어지기 전에 이미 이별의 원인이었던 문제가 해결되었을 것이다. 만에 하나, 상대가 재회를 받아준다 하더라도 그건 일시적일 뿐이다. 상대의 마음 속에는 사랑보다, 마지막으로 한 번만 기회를 더 주자는 생각이 있기 때문이다.

헤어져 있을 당시에는 받아주기만 하면 소원이 없겠다 싶었겠지만 막상 다시 만나게 되면 예전 같지 않은 상대의 모습을 보게 되고 견디기 힘들 것이다. 그렇게 다시 시작된 연애는 결국 또다시 끝날 가능성이 크다. 비참한 모습으로 과거에 매달리는 행동은 당신을 더욱 초라하게 만들 뿐이다.

재회에 집착하기보다는 왜 헤어지게 되었는지 돌아보며 자신을 성장시키는 데 집중하라. 떠난 사람을 붙잡지 말고, 당신의 삶을 더 가치 있게 만드는 방향으로 나아가라. 그것이 이별 후에 마땅히 해야 할 일이다.

죽어도 재회를 원한다면,

이렇게 하라

그럼에도 재회를 원한다면 어떻게 해야 할까? 재회의 성공 확률을 높이려면 먼저 소신과 고집부터 내려놓아야 한다. 재회의 성공 여부를 결정짓는 것은 당신이 아니라 상대방의 마음이다. 상대방의 관점에서 자신을 돌이켜보고, 모든 면을 점검하며 준비해야 한다.

이별 후에 많은 사람이 재회에 실패하는 이유는, 매달리기에 급급하여 상대방에게 생각할 시간을 주지 않기 때문이다. 이별한 상대방이 가장 필요로 하는 것은 관계 회복을 고려할 시간이다. 재회의 리스크를 모두 따져본 후, 그럼에도 '다시 만나야겠다'고 상대가 기꺼이 선택하도록 해야 비로소 완벽하게 재회에 성공할 수 있다.

하지만 당신이 매달리면 매달릴수록 상대가 생각할 여유는 사라지고, 오히려 상대방의 결정을 더욱 확고하게 만든다.

"어떻게 이렇게 헤어질 수 있어? 만나서 얘기하자."
특히 이런 식으로 다급하게 행동하면 상대방은 '헤어지기로 한 내 선택이 옳았구나'라고 확신하게 된다. 반면, 만약 당신이 "그래, 헤어지자. 잘 지내라"라고 이별을 선선히 받아들인다면, 상대방은 오히려 '왜 붙잡지 않을까? 내가 잘 못된 결정을 한 건 아닐까?' 하며 고민하기 시작한다.

재회에는 '골든타임'이 있다.
재회의 최적기는 이별 후 3~4일간이다.
이 시기가 지난 일주일, 한 달 이후에는
상대방의 마음이 완전히 정리되었을 가능성이 크다.

이별 직후, 하루나 이틀 뒤에는 상대방도 스스로 '헤어지길 잘했어'라며 합리화를 한다. 그러다 사흘이 지나면 '왜 연락이 없지? 나만 그리워하고 있는 건가?'라는 생각이 들기 시작한다. 이때가 바로 당신이 움직여야 할 타이밍이다.

재회를 시도할 때 가장 중요한 것은
상대방이 듣고 싶어 하는 이야기를 하는 것이다.

혹여나 대화를 나눌 기회가 생겼음에도 재회에 실패하는 이유는 상대방의 이야기를 듣기보다 자기 이야기만 하기 때문이다. 재회가 목적이라고 해서 상대방을 설득하려는 태도로 접근하면 실패할 확률이 높다. 대화의 초점은 반드시 상대방의 마음에 맞춰야 한다.

또한 재회가 이루어지려면 이별의 원인을 분명하게 이해하고 변화하는 모습을 보여야 한다. 술자리, 이성 문제, 연락 문제 등 어떤 원인이든 상대방에게 '내가 이런 점들을 반성하고 있고, 변화하려고 노력 중이다'라는 인식을 심어줘야 한다. 단순히 미안하다는 말로는 부족하다. 상대방이 진정으로 변화를 느낄 수 있어야 한다.

재회는 어렵고, 재회에 성공한 뒤에도 관계가 지속되는 건 더 어렵다. 가장 좋은 건 이별 후에 미련 없이 새출발을 준비하는 것이다.

하지만 여전히 재회를 꿈꾸고 있다면, 최소한 상대방이 다시 만나고 싶어 할 존재가 되어야 한다. 재회를 위한 열쇠는 상대방을 설득하는 것이 아니라, 상대방에게 당신이 필요하도록 만드는 것이다. 자신을 발전시키면서, 새로운 관계로 향할 준비를 해나가기를 바란다.

깨진 관계는 깨진 항아리와 같다.

다시 붙일 수는 있지만,

작은 충격만 받아도 쉽게 깨지고 만다.

사랑과 집착은

한 뼘 차이

"헌신하다가 헌신짝이 됐다"라는 사람들의 이야기를 들어보면, 실제로는 헌신이 아닌 집착과 구속을 했을 가능성이 크다. 상대방이 받아들일 준비가 되지 않았는데도 너무 부담스럽게 다가가면, 상대방은 자연히 거부감을 느끼고 거리를 두게 된다.

특히, 헌신짝이 됐다고 말하는 사람들은 대개 연애 초반부터 상대방에게 지나치게 헌신한다. 서로에 대한 확신이 생기기도 전에, 만난 지 며칠 되지 않았을 때 과한 애정을 쏟아붓는다. 그러다 보니, 본인이 베푼 것에 비해 돌아오는 것이 적게 느껴져 스스로 상처받는 것이다.

반면에, 충분한 시간을 함께 보내고 난 뒤 믿을 만한 사람이라고 판단될 때 상대방에게 헌신한다면, 그 사람은 "정말 사랑받고 있구나", "너무 고맙다"라고 느낄 것이다.

구속과 집착은 자신의 행동에 견주어 상대방을 판단하려는 태도에서 시작된다. 예를 들어, "나는 이렇게 빨리 답장하는데 너는 왜 늦어?" 같은 불만이 생긴다면 사실 문제는 상대가 아니라 본인이 상대에게 과도하게 매달리기 때문이다. 스스로 바쁘고 할 일이 많다면 상대방의 연락에 집착하지 않게 되고, 답장이 늦더라도 불평하지 않게 된다.

그럼 구속과 집착이 심한 사람은 어떻게 변화할 수 있을까? 역지사지의 경험을 통해 깨달아야 한다.

내가 '더' 좋아하는 사람이 아닌,
나를 '더' 좋아하는 사람을 만나보라.
이 과정에서 자신이 과거에 했던 행동이
상대방에게는 집착과 구속이었음을 이해하게 된다.

물론 마음이 전혀 없는데 억지로 사람을 만나라는 이야기가 아니다. 지금까지 '내가 더 좋아하는 연애'만 해왔다면, 이제는 '나를 더 좋아하는 사람과의 연애'도 해볼 필요가 있다는 말이다.

연애에 정답은 없다. 다양한 연애를 경험하며 그 사이에서 나에게 맞는 적정선을 찾는 것이 중요하다. 잘못된 고집을 내려놓지 않으면 일방통행식 연애만 하게 되며, 결국 같은 실수를 반복하게 된다. 조금만 고집을 내려놓으면, 더 많은 것을 보고 배우며 경험할 수 있다.

놓아주는 방법을

배워라

시간은 약이 아니다. 시간을 한약에 비유하면 이해하기 쉽다. 한약은 약재에 물을 붓고, 불에 달여 쥐어짠 뒤에야 완성된다. 시간도 마찬가지다. 그저 흘러가기를 바라거나 가만히 기다리는 것만으로는 약이 되지 않는다. 시간이 약이 되려면 무언가를 채워 넣어야 한다.

이렇게 이야기하면 보통의 사람들은 자기가 진심으로 하고 싶은 무언가를 찾아나서지 않고, 막연하게 운동을 한다든지, 자기계발 등을 하려고 한다. 단순히 그 사람을 잊기 위해 억지로 무언가를 하려고 한다면, 그것을 하면서도 머릿속에는 그 사람이 떨쳐지지 않을 것이고 몸만 힘들 뿐 마음은 아직 힘든 상태로 머물러 있을 수밖에 없다.

그렇기 때문에 내가 진심으로 하고 싶었던 걸 해야 한다. 친구를 만나고, 무언가를 배워 보기도 하고, 새로운 사람을 만나야 한다. 시간은 약이 되기 위한 도구이자 재료일 뿐이다. 무언가를 채우고 움직이려는 노력이 없다면, 시간은 그저 지나가 버릴 뿐이다.

그러니 밖으로 나가라.

바람도 쐬고, 새로운 경험도 하며,

삶을 채우기 위해 적극적으로 움직여야 한다.

그제야 비로소 시간이 약이 될 수 있다.

이별은 더 나은 사람으로 성장할 기회다. 이별은 단순히 아픔으로 끝나는 것이 아니라, 새로운 사람으로부터 사랑받을 수 있는 자격을 한 가지 더 추가하는 과정이다. 부족하고 미성숙했던 부분을 고치고 발전할 기회로 삼아야 한다. 이 과정에서는 본인의 마음이 편해질 때까지 합리화해도 괜찮다. "이별은 나를 더 나은 사람으로 만들고 있다"라고 생각하며, 자신을 돌아보고 성장해 나가는 것이 중요하다.

하지만 재회에 매달리고 이별의 아픔에 오래 머무를수록, 다음 연애와 이별에서도 같은 고통을 겪게 될 가능성이 높다. 지금 놓아주지 못한다면, 다른 사람을 만나도 결국 비슷할 뿐이다. 쳇바퀴만 도는 연애를 끝내고 싶다면, 놓아주는 법을 배워야 한다. 그래야 더 성숙한 연애를 할 수 있다.

어린아이는 원하는 것을 얻기 위해 울고 떼를 쓰지만, 성장하는 과정에서 그것이 정답이 아님을 깨닫는다. 연애도 마찬가지다. 가질 수 없음을 알았다면, 미련을 버리고 포기할 줄 알아야 한다.

"슬프지만 놓아줄게"의

진짜 의미

"남 주기는 아깝고, 내가 갖기는 싫다"라는 말의 진짜 의도는 문장의 뒷부분에 있다. 이 말은 결국 "나는 널 갖기 싫다. 네가 다른 사람과 함께 있어도 상관없다"라는 뜻이다. 상대방은 사실 당신과 사귈 생각이 없고, 친구로 남는 게 오히려 편하다고 느끼고 있다.

"남 주기는 아깝다"라는 말은 단지 자신의 태도를 합리화하기 위한 포장일 뿐이다. 따라서 이 말을 듣고 "그래서 결론이 뭘까?"라며 고민하거나 신경 쓸 필요가 없다. 진짜 핵심은 이미 뒷부분에 드러나 있으니까 말이다.

"슬프지만 놓아줄게"라는 말도 마찬가지다. 여기서 중요한 것은 '슬프다'가 아니라 '놓아준다'라는 부분이다. 감정적으로 슬프다고 말하면서도, 행동으로는 이별을 받아들이고 관계를 끝내려는 의지가 분명하다. 결국 이런 표현들은 감정을 포장하거나 덜 상처주기 위한 방법일 뿐, 진짜 의도는 문장의 뒷부분에서 드러난다.

진심을 이해하려면

문장을 화려하게 포장하기보다

문장의 핵심에 집중해야 한다.

그러니 상대방의 말이 의미하는 것을 직면하자. 말에 그가
숨겨온 '진심'이 담겨 있다.

중요한 것은

꺾여도 다시 일어서려는 마음

"그 사람 없이 혼자인 나는 상상이 안 돼요. 나를 완전히 잃은 것 같아요."

이런 말을 한다 해도 사실 1년만 지나도 일상에 큰 변화는 없을 것이다. 결국 시간은 흐르고, 어느새 잘 살아가고 있는 자신을 발견하게 된다. 실연의 아픔은 누구에게나 힘든 감정의 구멍을 파고 그 심연의 동굴에 들어가도록 만든다. 그 속에서 내가 이렇게 힘들다는 것을 누군가 알아주길 바라는 마음이 커진다.

나 또한 그런 적이 있었다. 첫 이별을 겪었을 때, 그리고 그 이후 몇 번의 이별 순간에, 온갖 못난 짓을 다 해봤다. 울고불고하며 친구들에게 전화하거나, 메신저 프로필에 슬픈 노래와 사진을 띄우고, "이 사람 없이는 못 산다"라는 식의 힘든 티를 온 세상에 드러내고 다녔다.

이때 중요한 건 슬픔을 극복하려는 마음이다.
이별의 고통을 극복하려는 의지가
마음속에 가장 먼저 자리 잡아야 한다.

힘든 티를 내고 슬픔을 털어놓는 것은 그다음의 문제다.

그렇다면 누군가에게 내 슬픔을 털어놓거나, 상담하는 것이 이별의 고통을 잊는 데 도움이 될까?

그렇지 않다. 이런 태도는 오히려 힘든 감정이 계속 유지되도록 하는 행위일 뿐이다. 이별의 아픔을 극복하려는 의지는 "이 사람을 놔줘야겠다"라며 체념하는, 바로 그 순간에 생긴다. 하지만 그렇지 않고, 만약 마음 한구석에 "다시 만나야겠다, 어떻게든 이어 가고 싶다"라는 생각이 있다면, 쉽사리 슬픔에서 빠져나오기는 어려울 것이다. 그렇게 되면 어린아이처럼 계속 힘든 티만 내며 못난 모습에서 벗어나지 못한다.

과거를 떠올려 보라. 이전에 이별했을 때도 똑같이 힘들어했지만 결국 새로운 사랑을 했고, 지금 와서 돌이켜보면 너무나 못난 모습이지 않은가? 그런데도 또다시 똑같은 행동을 반복할 것인가? 과거는 과거로 묻어두고, 지금은 성장해야 할 때다. 이별의 슬픔은 누구나 공평하게 겪는 것이다.

한시라도 빨리 이 어려움에서 벗어나려는 의지를 우선해야 한다. 과거의 힘든 기억을 떠올리며, 다시는 같은 모습으로 돌아가지 않겠다고 결심하라. 그 결심이 당신을 더 나은 사람으로 만들 것이다.

기나긴 좌절은 삶을 좀먹는다.

이 생각을 반복적으로 세뇌하듯 되새겨라.

"나는 언제든 새로운 사람을

만날 수 있는 사람이다."

연애에 정답은 없다.

다양한 관계를 경험하며

그 사이의 타협점을 찾는 것이 중요하다.

좋았던 사랑은

미화된 추억일 뿐이다

"예전 그 사람 같은 사람은 없다. 도저히 다시는 못 만날 것 같다."

이별의 상처를 완전히 떨쳐내지 못하는 사람은 이런 말을 하곤 한다. 성격, 가치관, 코드까지 너무 잘 맞아서 잊을 수 없다고 이야기하지만, 이런 미련은 결국 '몸 정, 얼굴 정'에서 비롯된 감정일 뿐이다. 정말 그렇게 잘 맞았다면 헤어질 일이 없었을 것이다.

당신에게는 완벽하게 맞는 사람처럼 느껴졌겠지만,
상대방은 그렇지 않았을 가능성이 크다.
관계는 혼자서 맞추는 퍼즐이 아니다.

상대방이 특별히 잘해줬던 기억도 지나고 보면 단지 끝난 연애의 일부일 뿐이다. 지금은 그 순간이 유독 빛나 보이겠지만, 과거에도 그런 따뜻함과 배려를 베풀어준 사람은 있었고, 앞으로도 충분히 만날 수 있다. 과거에 갇혀 미련에 머무는 동안, 새로운 인연은 당신을 지나칠지도 모른다. 그러니 마음을 열고 미래를 바라보는 용기를 가져야 한다.

마음을 열고 새로운 인연을 맞이할 준비를 하자. 과거는 과거일 뿐, 당신의 미래는 무한한 가능성으로 가득 차 있다. 새로운 사랑이 당신을 기다리고 있으니, 그 기회를 놓치지 않도록 용기를 내라.

이별의 상처에서
쉽게 벗어나는 법

좋은 연애는 상대방보다 나 자신을 더 사랑할 때 시작된다. 먼저 나를 사랑하려면 "헤어짐을 두려워하지 않는 태도"를 가져야 한다.

"이 사람도 언젠가는 나를 떠나겠지? 이 만남에도 끝이 있겠지?"라는 불안감을 품는 순간, 당신은 힘든 사랑을 할 수밖에 없다.

헤어짐을 두려워하면 모든 것을 상대방에게 맞추려 하고, 잘못하지도 않은 일에 사과하며 먼저 손을 내미는 일이 반복된다. 결국, 내가 더 많이 좋아하기 때문에 늘 불안하고 두려워하는 연애를 하게 된다.

이별이 힘든 이유는 단순하다. 내가 사랑했던 사람이 이제 남이 되고, 내 곁에 없다는 생각 때문이다. 하지만 자신을 사랑할 줄 아는 사람은 이별의 슬픔보다 자기 자신이 더 소중하다는 사실을 중요하게 여긴다. 누군가 곁에 있지 않아도 괜찮다. 그렇기에 이별로 인한 고통이 오래가지는 않는다.

많은 이가 헤어진 후에 곧 새로운 사람을 만나고 짧은 연애를 반복하는 사람들을 비난한다. "바람둥이다, 문란하다"

라고 말하지만, 사실 그들은 현명한 사람들이다. 여러 사람을 만나고 헤어지면서 이별에 대한 두려움을 없애고, 다양한 연애 경험을 통해 더 많은 것을 깨닫고 있기 때문이다.

누군가에게 미련이 남았다면
그 사람과 평생 행복할 수 있을지 생각해 보라.

이별이 두려울 때는 상대방이 내 결혼 상대라는 상상을 해보라. 그와의 미래가 긍정적으로 그려지지 않는다면, 지금이라도 빨리 결정을 내리는 편이 낫다. 당장의 외로움과 미련 때문에 끝이 보이는 관계를 이어가면서 감정 소모와 시간 낭비를 하기보다는, 새로운 사람을 만나며 진정한 연인을 찾는 편이 더 현명하다.

환승 이별,

괜찮을까?

헤어진 뒤에는 반드시 소화의 시간이 필요하다. 예를 들어, 점심시간에 식사를 마쳤는데 두 시간 후에 상사가 다시 밥을 먹자고 한다면 어떻겠는가? 그때 또 먹는 것은 소화되지 않은 상태에서 무리하는 행동이다.

관계도 마찬가지다. 헤어진 직후에는 자신의 감정을 소화하고, 마음을 정리하는 시간을 가져야 한다.

헤어진 직후에 좋아하는 감정이 크지 않음에도 다른 사람을 만나는 것은 이별의 두려움을 혼자 헤쳐 나갈 용기가 없기 때문이다. "사랑으로 사랑을 잊는다"는 말과는 전혀 다른 문제다.

A라는 사람과 헤어지고 곧바로 B를 만나면, A를 빨리 잊는 데는 도움이 될 수 있지만 B에게는 예의가 아니다. 이별 후에는 슬픔을 충분히 겪고, 돌아보며 스스로 잘못한 부분도 깨달아야 한다.

그런 과정을 통해 조금 더 성숙해진 뒤에 새로운 사람을 만나는 것이 바람직하다. 이별을 제대로 소화하지 않고 성급하게 시작한 관계는 결국 같은 실수를 반복하게 한다. A에게 했던 잘못을 B에게도 하게 될 가능성이 큰데, 이는 B에게도, 자신에게도 바람직하지 않다.

자신의 발전 없이 새로운 사람을 찾는다면,
결국 이전과 다를 바 없는 연애를 반복하게 되고
같은 이유로 또다시 헤어지게 될 것이다.

앞서 여러 사람을 많이 만나라는 조언을 했지만, 이는 연애와 이별로 인해 힘들어하지 말라는 뜻이었다. 하지만 그와 동시에 "이별에는 반드시 휴식기가 필요하다"는 점을 강조하고 싶다.

똑같은 실수와 이유로 또다시 헤어지고 싶지 않다면, 직전의 이별을 되돌아보고 자신을 변화시키는 시간이 필요하다. 이 시간을 통해 얻은 깨달음이 다음 연애를 더 성숙하고 건강하게 만들어 줄 것이다.

헤어진 사람이

꼭 들어야 하는 이야기

최근에 한 친구에게 연락이 와서 이야기하다가, 그의 연인의 안부를 물었다.

"남자 친구는 잘 지내?"라는 질문에, 친구는 태연하게 "아니, 헤어졌어. 나랑 잘 안 맞는 것 같아서"라고 대답했다. 그녀는 언제나 이렇듯 이별에 대해 담담한 태도를 보인다. 그래서 문득 궁금해졌다.

"넌 헤어지면 안 힘들어? 어떻게 그렇게 쿨하게 대답할 수 있어?"

그녀의 대답이 의외였다.

"힘들지. 근데 내가 할 만큼 했는데도 안 되는 거니까. 어쩔 수 없잖아. 정리하는 게 답이지."

이별은 통보받은 사람만의 고통이 아니다.
이별을 고하는 사람도 쉽게 결정을 내리지는 않는다.

각자 관계를 유지하기 위해 노력했지만,
변하지 않는 현실 속에서 오랜 고민 끝에
놓아주겠다고 선택한 것이다.

오히려 더 힘든 쪽은 이별을 통보하는 사람일 수도 있다. 관계를 끊어낸다는, 더 큰 무게를 짊어져야 하기 때문이다. "헤어지자"는 말에 책임을 져야 하고, 그 선택이 옳았는지 끊임없이 되묻게 된다.

이처럼 사랑을 포기하는 것은 두 사람 모두에게 결코 쉬운 일이 아니다. 당신만 힘든 것은 아니다. 그렇기에 결론적으로, 이별을 이해하려면 서로의 입장에서 그 무게를 바라볼 필요가 있다.

마지막을 고하기까지의 과정을 되짚어보고, 상대의 고통을 되짚어봐야 한다. 이렇게 서로의 감정을 깊이 이해하고 공감하는 것이 이별의 아픔을 덜어내는 첫걸음이다.

제대로 복습하지 않고

틀린 문제를 풀면 또 틀리는 것처럼,

성급하게 새로운 사람을 만나려는

시도는 좋지 않다.

이별 후에는 슬픔을 충분히 느끼고,

스스로 돌아보며

내가 잘못한 부분도 깨달아야 한다.

Part
5

요즘
사랑을 위한
현명한 태도

거절당하지 않는

고백 타이밍

많은 사람이 고백 전에 불안감에 사로잡혀 '고백하고 거절당하면 어쩌지?' 하고 부정적인 상황을 시뮬레이션한다. 그러나 이런 생각이 고백 성공률을 낮춘다.

고백은 타이밍이다. 고백하기 직전, 상대의 태도를 살피며 "지금이라면 된다"는 느낌이 올 때, 그 타이밍을 놓치지 않아야 한다.

이때 명심해야 할 것은 고백은 단순히 결과를 위한 행동이 아니라는 사실이다. 고백을 통해 상대와의 관계를 자연스럽게 발전시키겠다고 생각해야 한다.

그리고 혹시 고백이 실패하더라도 자책할 필요는 없다. 고백이 성공하지 않은 이유는 단지 상대와 내가 잘 안 맞기 때문이지, 당신이 크게 부족해서가 아니다.

한 번의 실패가 다른 만남의 가능성까지
부정하는 것은 아니다.
자신감을 유지하고,
더 좋은 인연을 기다리면 된다.

사람의 진짜 매력은 자신감에서 나온다. 고백의 성공률을 높이기 위해서는 상대에게 무언가를 보여주려 애쓰기보다, 있는 그대로의 자연스러운 모습을 보이는 게 중요하다. 많은 사람이 상대방의 마음을 읽으려 하고, "어떻게 해야 이 사람이 나를 좋아할까?"에만 집중한다. 하지만 상대의 속마음을 지나치게 고민하면 오히려 관계는 균형을 잃고, 내 본연의 매력은 사라진다.

사랑은 여유에서, 매력은 자신감에서 나온다.
이 두 가지를 기억할 때,
고백은 자연스럽게 성공으로 이어지고,
관계는 더 건강하고 행복한 방향으로 발전한다.

연락 문제로 싸우는

커플을 위한 솔루션

연락 문제로 인한 다툼은 결국 '경험 부족'과 '배려 부족'에서 비롯된다. 상대방과 깊이 소통하고자 하는 의지가 없기 때문에 자연스럽게 연락을 잘 하지 않게 되고, 다른 한쪽은 답답함에 마음의 여유를 잃고 화를 내게 되는 것이다.

만약 두 사람 중 한쪽이 모든 것을 이해하고 배려한다면 그 관계는 조금 더 이어질 수 있겠지만, 그럼에도 결국 끝은 정해져 있는 것이나 다름없다.

그렇다면 연락 문제를 어떻게 해결할 수 있을까? 정답은 경험을 통해 배우는 것이다. 연락 문제로 싸우고 헤어지고, 또 새로운 사람을 만나 싸우고 헤어지는 과정을 반복하다 보면, 결국 스스로 문제의 본질을 깨닫게 된다.

'연인 사이의 연락은
일상을 공유하는 정도로도 충분하다.'
이 사실은 직접 경험했을 때만이 비로소
연락 문제로 다투지 않게 된다.

연락에 집착하는 이유는 간단하다. 현재 자신의 삶에 목표가 없거나, 몰두할 일이 없기 때문이다. 자신이 무엇을 이루고 싶은지 고민하지 않기에, 상대방의 사소한 일상에만 관심을 쏟게 되는 것이다.

'내가 무엇을 먹을지, 학교에 갈 것인지보다 그 사람이 밥을 먹었는지, 출근했는지가 더 중요하다'고 느끼는 순간, 이는 곧 쓸데없는 집착으로 이어진다.

지금부터라도 자신의 삶에 몰두하라. 바쁘게 살고 자신의 목표를 이루기 위해 노력하라. 그러면 자연스레 연락 문제에 신경 쓸 겨를이 없어질 것이다.

휴대폰을 들여다볼 시간도 없는데, 어떻게 연락에 집착할 수 있겠는가? 성숙한 연애는 나의 삶에 집중하며 내가 성장하는 데서 시작된다. 건방지게 들릴지 모르지만, 이것이 문제를 해결하는 유일한 방법이다.

연인에게

다른 이성들이 꼬인다면

"남자 친구에게 접근하는 여자들이 많아서 고민이에요. 제 연인이 너무 매력적이어서 그런 걸까요?"

이런 고민을 들으면 환상에서 벗어나라는 말을 먼저 꺼낸다. 당신의 연인에게 이성이 꼬이는 이유는 그가 여지를 주기 때문이다. 솔직히 말하면, 상대방을 단칼에 끊을 만큼 매몰차게 행동하지 않거나, 그러고 싶지 않은 마음이 있는 것이다.

'혹시 이 사람과 어떻게 이어질지 모르는데, 굳이 나쁘게 대할 필요가 있나?'

이런 마음이 결국 여지를 만들어 내는 것이다. 만약에 "내 여자 친구(남자 친구)가 알면 기분 나빠할 테니, 앞으로 나한테 이러지 마"라며 확실히 선을 그었다면, 아무리 저돌적인 사람이라도 쉽게 다가가지 못한다.

하지만 계속 받아주기 때문에 이성들이 끊임없이 꼬이는 것이다.

이 문제로 다투는 커플도 많다. 그럴 때는 상대방에게 단호하게 말해야 한다. "네 주변에 이성이 꼬이는 건 네가 여지를 주기 때문"이라고.

만약 이런 이야기를 했음에도 달라지지 않는다면, 그건 연인이 여전히 변함없이 행동하면서 무엇이 잘못인지 깨닫지 못하고 있기 때문이다. 나 또한 예전에 같은 실수를 한 적이 있었다. 다가오는 사람에게 미움받기 싫어서, 마음이 약해서 단칼에 거절하지 못했다.

그런데 입장을 바꿔 내 연인이 이런 행동을 한다고 생각해 보라. "그러지 말라"고 이야기했는데, 연인이 "내가 마음이 약해서 거절 못 해"라고 대답한다면 기분이 어떨까?

"그래? 네가 마음이 약하니까 내가 이해할게"라고 넘어갈 수 있을까?

관점을 바꿔 생각해 보면,
말이 되지 않는 상황이라는 걸 알 수 있다.
만약 연인이 확실히 선을 긋지 않고
여전히 이성에게 여지를 준다면,
더 이상 이해해 줄 필요는 없다.

자신의 의견을 명확하게 전달하고, 그런 뒤에도 연인이 변화하지 않는다면 그 관계는 반드시 재고해야 한다.

혼자만의 시간이 필요하다는

연인의 마음

"남자 친구와 동거한 지 3년이 되었는데, 최근 들어 혼자만의 시간이 필요하다고 말해요."

오랜 시간 관계를 이어가다 보면, 이렇게 혼자만의 시간과 공간을 필요로 하게 된다. 이런 상황에서 한 가지 고민이 고개를 들 것이다.

'권태기일까? 아니면 헤어짐을 준비하는 걸까?'

동거는 결혼을 준비하는 진지한 관계에서도, 단순히 선택한 관계에서도 이루어질 수 있다. 하지만 이런 상황에서 가장 중요한 것은 '우리 관계가 어디를 향하고 있는가?'를 스스로 점검하는 것이다.

각자의 시간이 필요할 경우, 권태기일 가능성도 있지만 이것이 반드시 헤어짐으로 이어지는 상황은 아니다. 상대방의 입장을 객관적으로 바라보고, 정말 휴식이 필요해서인지, 관계에 대한 거리 두기인지 파악해야 한다.

이때 신뢰할 만한 사람들의 의견을 참고하는 것도 도움이 된다.

"우리 커플에 대해 어떻게 생각해?"

이 질문에 주변 사람들이 긍정적인 반응을 보인다면, 앞으로도 관계가 유지될 가능성이 크다. 하지만 주변 반응이 별로거나, 문제가 있다고 지적한다면 관계를 다시 돌아봐야 한다.

이때 타인의 의견에는 귀를 틀어막고 내가 보고 싶은 것만 보고 듣고 싶은 것만 들을 때, 문제가 생긴다. 자신이 상대를 가장 잘 안다고 생각하며, '이 사람은 절대 그렇지 않아' 라며 정신 승리하는 것이다.

하지만 객관적 판단과 자기 생각이 다르다면, 타인의 말에 귀 기울일 필요가 있다.

주변 의견을 참고하되,
'우리 둘의 관계가 얼마나 깊고 신뢰가 있는가?'를
기준으로 판단해야 한다.

결국 연애는 주변의 시선과 조언을 참고하며, 자신의 판단으로 결정하는 균형이 필요하다. 상대방의 감정 변화가 일시적인 것인지, 관계의 방향을 암시하는 신호인지 종합적으로 냉정하게 점검하고, 솔직하게 소통해야 할 때다.

상대방의 연락을 기다리지 않을수록

상대는 오히려 내게 관심을 기울인다.

무엇이든 뒤쫓을수록

더 멀리 달아나는 법이다.

결혼은 하고 싶은데

돈이 없을 때

많은 사람이 금전 문제로 결혼을 망설인다.

특히, 상대방이 먼저 결혼 이야기를 꺼냈을 때, 본인이 "모아
둔 돈이 없어서 준비가 덜 됐다"라고 느끼는 경우가 많다.
하지만 사람은 어떤 계기가 생겼을 때 자극받고 목표를 세
우며 더 노력하게 된다.

상대방이 결혼 이야기를 꺼냈더라도, 정작 그 사람이 나의
경제적 상황을 정확히 알고 말했을 가능성은 적다. 그 사람
이 평생을 함께할 결혼 상대라는 판단이 섰다면, 현재 상황
에 대해 모든 것을 솔직하게 털어놓아야 한다.

나 역시도 예전에는 연애하면서 내 경제적 상황을 상대방에
게 전혀 말하지 않았다. 얼마를 쓰고, 얼마를 저축하며, 얼
마나 모았는지조차 말하지 않았다. 돈이 없을 때는 부끄러
워서 말하지 못했고, 돈이 있을 때는 내 상황이 안정적인지
확신하지 못해 굳이 드러내지 않았다. 그러나 그런 관계는
결국 길게 이어지지 못했다.

하지만 시간이 지나며 평생을 함께할 동반자에게는 숨기는
것이 없어야 한다는 쪽으로 생각이 바뀌었고, 헛된 자존심

을 내려놓게 됐다.

그런 사람에게는 "지금까지 모은 건 많지 않지만,
이런 상황이고 앞으로 이렇게 할 계획이다"라고
솔직히 털어놓는다.

그때 상대방의 반응은 두 가지로 나뉘었다.

"나이 먹고 이것밖에 못 모았느냐"라며 부정적으로 바라보
는 사람.

"지금은 부족하지만, 미래 계획이나 소신은 뚜렷하네"라며
긍정적으로 바라보는 사람.

첫 번째 부류라면 관계를 그 자리에서 정리하면 된다. 하지
만 두 번째 부류라면, 거기서부터 또다른 신뢰가 형성된다.

그뿐 아니다. 상대방에게 솔직하게 털어놓는 순간, 나 자신
도 달라진다.

이미 내뱉은 약속을 지키기 위해 더 노력하게 된다. 비참해
지기 싫고, 능력 없는 사람처럼 보이고 싶지 않아 목표를 세

우고 더 열심히 저축하며 계획을 실천하게 된다.

반면, "나는 이미 늦었으니까, 상대방보다 뒤처졌으니까, 사실을 말해도 달라질 게 없겠지"라고 생각한다면, 결국 아무것도 변하지 않는다.

중요한 것은, "늦었으니 이제 걸어서는 안 되겠다. 뛰어야겠다"라는 마음가짐이다. 결혼은 처음부터 다시 시작하는 과정이다. 결혼을 생각하고 준비하는 일은 단순히 연애 관계를 유지하는 일보다 노력, 열정, 끈기 같은 요소가 더 많이 필요하다.

한순간 부끄러운 감정 때문에 솔직해지지 못하면, 발전은 없다. 하지만 서로 이해하고 함께 노력한다면, 그 순간부터 동기부여가 생기고 관계는 더욱 단단해질 것이다.

정일까,

사랑일까?

사랑을 시작하는 단계에서는 상대방의 태도가 호감인지, 그저 호의인지 헷갈릴 때가 있다. 이때 호감과 호의의 차이는 간단하다. "나한테만 이러면 호감, 나한테도 이러면 호의"다.

한편으로 어느 정도 관계가 진전되면, 이제는 두 사람 사이에 쌓인 것이 정인지 사랑인지 구분하기 어려워진다. 정과 사랑의 관계도 비슷한 맥락으로 이해할 수 있다. 사랑이 정으로 변하기도 하니, 정도 사랑의 한 종류로 보는 것이다.

이처럼 두 사람은 사랑의 단계에 따라 다양한 스펙트럼의 애정을 서로 주고받게 된다. 주목해야 할 것은, 이 애정에도 사람에 따른 온도 차이가 있다는 것이다.

남성이 생각하는 정과 여성의 정은 그 개념이 다르다.
남성은 정을 사랑의 연장선으로 여기며,
사랑을 내포한 더욱 깊은 감정이라고 생각한다.
반면, 여성은 정을 친구 사이에서 나누는 다정한 마음이나
신뢰감 또는 유대감으로 여긴다.

이 차이를 이해하지 못한 남성이 "정 때문에 만난다"라는 말을 한다면, 그 말을 들은 여성은 비참한 기분과 함께 상처받을 수 있다. 왜냐하면 여성이 생각하는 정은 사랑이 아니라 단순한 친밀함에 가깝기 때문이다.

그렇기에 여성에게 정 때문에 만난다고 말해서는 안 된다. 예의 없는 행동일뿐더러, 이 말은 관계의 본질을 훼손하는 표현으로 받아들여질 수 있다.

결론적으로 정과 사랑의 차이를 이해하고,

상대방의 감정을 고려하며 표현하는 태도가 중요하다.

남녀 간의 감정 차이를 이해하는 것이

더 건강하고 배려 깊은 관계를 만드는 시작점이다.

불안 없이 편안하게

사랑하는 사람들의 공통점

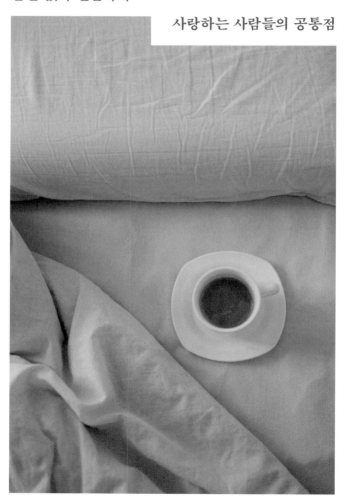

사랑할 때 이 질문을 한 번씩 던져 보아야 한다.

"나는 지금 내가 편안한 연애를 하고 있는가?"

행복한 연애란 결국 내가 편안한 연애다. 연애하면서 행복하지 않거나, 힘들어서 헤어지게 되는 가장 큰 이유는 상대방이 아니라 자신을 힘들게 만들었기 때문일 때가 많다.

1차원적인 연애를 하는 사람들은 싸우거나 헤어졌을 때, 그 원인을 자신이 아닌 상대방에게 떠넘긴다. 물론 상대방의 미성숙한 행동이 문제가 될 때도 있다. 하지만 내가 힘들고 상처받는 그 상황을 진즉 끊어내지 못한 것 또한 나의 잘못이다.

나를 힘들게 하는 사람을 끊지 못했다는 것은
내 선택에 따른 결과다.
만약 문제가 있는 관계를 과감히 정리했다면,
더 이상 그 관계로 인해 힘들 필요도
신경 쓸 이유도 없었을 것이다.

그런데 잘못된 선택을 하고, 스스로 힘들게 만든 결과를 상대방 탓으로 돌린다. 나 자신에게 더 상처 주기 싫어서 불행의 이유와 책임을 상대방에게 전가하는 것이다.

편안하게 연애하는 사람들은 마인드가 다르다.
만약 상대방이 나와 맞지 않는다면
어떤 아쉬움이나 미련도 없이
가차 없이 떠난다.

헤어질 때도 구질구질하게 매달리거나 남 탓하지 않는다.
오히려 스스로 문제를 책임지려 한다.

이 원칙은 대인 관계에도 적용할 수 있다. 자기 행복을 중요시하는 사람일수록 문제 해결의 몫을 타인에게 떠넘기지 않는다. 스스로를 돌아보고, 단호하게 선택하고, 선택에 책임을 진다.

힘든 연애나 이별을 경험했다면, 그 과정에서 나 역시 잘못한 부분이 있었음을 깨달아야 한다. 앞으로는 관계의 책임을 상대방에게 전가하지 말고, 항상 내가 지금 행복한지 되짚으며 직접 선택하는 태도가 필요하다.

내가 편안해야 상대방과도 편안한 연애를 할 수 있다. 행복한 연애는 상대가 아닌, 스스로에게서 비롯된다.

관계의 책임을
상대방에게 전가하지 말고,
내가 지금 행복한지
능동적으로
관계를 진단하는 태도가
필요하다.

회피형 인간을

만났다면

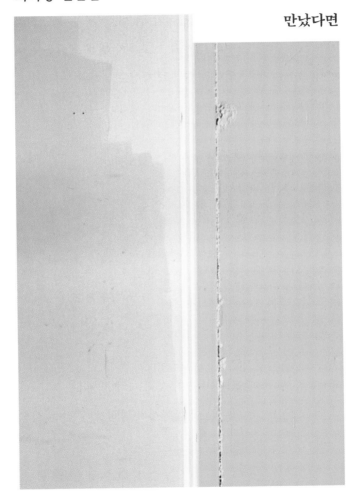

회피형 인간에 관한 질문에 답하기 위해서는 먼저 그들의 성향을 이해해야 한다. 당신이 대화를 통해 갈등을 해결하고자 하는 마음도 하나의 방어기제이다. 마찬가지로, 회피하는 사람 또한 자신의 감정을 보호하기 위해 회피를 선택한다. 그들이 갈등 상황을 피하는 가장 큰 이유는 이것이다. "싸우고 싶지 않아서."

이들은 상대방이 화를 가라앉힐 수 있도록
거리를 두려는 의도로
갈등 상황과 직면하기를 회피한다.

문제는 이러한 맥락을 이해하지 못하고
즉각적인 대화를 요구하면
갈등이 더욱 커진다는 점이다.

회피에는 두 가지 유형이 있다. 첫째는 "지금 너무 화가 나서 대화할 상황이 아니니 내일 다시 연락하겠다"라는 식으로 피하는 경우이다.

둘째는 격렬한 싸움 중에 갑자기 잠수를 타는 것이다. 후자의 경우, 믿고 거르는 것이 좋다. 자신이 불리한 상황일 때 숨는 사람은 대체로 바뀌지 않기 때문이다. 그런 사람과는 관계를 지속할 필요도, 그럴 이유도 없다.

반면에, 전자의 경우라면 상대방을 이해하려는 노력이 필요하다. 상대가 "시간이 필요하다"라고 말했는데도 연락을 하지 않고 보내는 시간들을 견디기 힘들다는 이유로 대화를 강요한다면 관계는 더욱 악화될 것이다. 상대방이 잠시 지금 상황에서 벗어나고 싶다고 선언했다면 그 시간을 존중하고 기다릴 줄 알아야 한다. 그 이후에 상대방이 연락해 올 때 대화를 이어가면 된다.

상대방이 무조건 틀렸다고 생각하고 그를 바꿔야 한다는 태도는 버려야 한다. 연애는 서로의 다름을 인정하고 각자의 방식을 존중하는 데서 시작된다.

만약 상대방의 회피를 감당할 수 없다면, 그 관계는 더 지속되기 어려울 것이다. 결론적으로, 회피 성향을 보이는 상대와의 관계는 '이해하고 감당할 수 있는 연애'로 이어가거나, 감당할 수 없다면 관계를 정리하는 것이 최선이다. 이제 어느 방향으로 나아갈 것인지 결정할 시간이다.

그는 스킨십 때문에

떠난 것이 아니다

스킨십에 관한 문제는 사람마다 생각이 다르기에 어느 것이 옳다, 그르다를 단정할 수 없다. 각자 자신에게 맞는 방식을 찾아가는 것이 중요하다. 하지만 스킨십 후 상대방이 떠나는 이유가 단순히 "잠자리를 가졌기 때문"만은 아니라는 점을 이해해야 한다. 상대방이 처음부터 불순한 의도를 가졌던 게 아니라면, 문제의 본질은 그와 다르다.

어떤 사람은 사귀기 전에 잠자리를 하는 걸 부담스러워하지 않는다. 이후 관계가 지속되지 않는다고 감정적으로 혼란스러워 하지도 않는다. 오히려 이런 태도가 관계를 지속하게 만드는 경우도 있다.

그런 반면, 상대적으로 타인에게 감정적으로 의존하는 사람은 스킨십 이후 상대방에게 무언가를 기대하게 되고, 더 많이 신경 쓴다. 이런 아쉬움이 표정과 행동에 드러나면 상대방은 부담을 느낄 수 있다.

"우리는 스킨십을 했으니 사귀어야 해" 혹은
"이미 사귀는 사이야"라고 확신할수록

오히려 관계는 더 불확실해진다.

상대방이 떠나는 이유는 스킨십 자체가 아니라, 그 이후의
태도와 기대에서 오는 압박감 때문이다. 그래서 스킨십의 시
기보다는, 상대방에게 사랑을 강요하거나 갈구하지 않는 태
도를 유지하는 것이 중요하다.

상대방의 태도가 선을 넘거나 해서 독하게 몰아붙여야 할
땐 독하게 대하고, 반면에 편하게 대해야 할 땐 편하게 대해
야 한다. 스킨십 이후에도 평정심을 유지하며 상대를 전과
같이 대하는 것이 관계를 지속시키는 핵심이다.

결론적으로, 사귀기 전에 스킨십을 어느 선까지 할지는 각
자 결정하면 된다. 다만, 그 과정에서 상대방에게 지나친 기
대와 감정적인 압박을 주지 않도록 조심해야 한다.

관계의 포커스는 스킨십 자체가 아니라, 상대방과의 소통과
신뢰를 쌓아가는 과정이다.

두 사람을 동시에

사랑하게 되었을 때

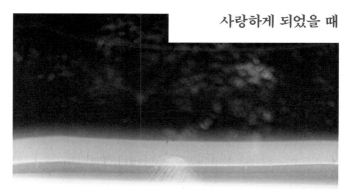

"900일 넘게 만난 남자 친구를 두고 다른 사람과 만나고 있어요. 그 상대는 남자 친구를 서서히 정리해 주기를 바라고, 남자 친구는 멀어진 저를 여전히 기다리고 있어요. 솔직히 두 사람 모두 좋은데 어떡하죠? 둘 다 포기하지 못하는 저 때문에 속상하고 어떤 선택을 해도 후회할 것 같아요."

지금의 갈등과 괴로움은 스스로 자초한 것이다. 이 상태로는 결국 두 사람 모두를 잃게 될 가능성이 크다.

이 상담자는 900일 넘게 만난 남자 친구와 새로운 사람 사이에서 갈팡질팡하고 있다. 하지만 두 사람 모두를 선택할 수 없다는 점을 분명히 인식해야 한다. 이 상태로 시간을 끌면 끌수록 양쪽 모두에게 상처를 주고, 결국 본인도 더 큰 고통을 겪게 될 것이다.

새로운 사람을 선택해도 관계가 순탄할 가능성은 낮다. 상대방은 '나 때문에 남자 친구와 헤어졌으니, 더 좋은 사람이 나타나면 나도 떠나지 않을까?' 하는 불안감을 품게 될 수 있다. 이런 관계에서는 신뢰를 쌓기 어렵고, 결국 오래 지속되지 못할 가능성이 크다.

반대로 지금의 남자 친구와 관계를 이어간다고 해도 문제가 해결되지는 않는다. 이미 다른 사람에게 마음이 흔들렸다는 사실을 알게 된 이상, 남자 친구 역시 신뢰를 유지하기 어려울 것이다. 잠시 행복한 시간을 보낼 수 있을지 몰라도, 결국 끝날 가능성이 크다.

그러므로 어떤 선택을 하든,
그 뒤의 결과는
스스로 감당해야 한다.

중요한 것은 두 사람 모두에게 솔직하게 지금의 상황을 명확히 정리하는 것이다. 한쪽을 선택하거나 둘 다 포기하는 선택은 쉽지 않지만, 더 큰 상처를 막기 위해 반드시 필요한 과정이다.
그리고 이 상황을 통해 배워야 한다. 한 사람과의 관계를 제대로 정리하지 않은 상태에서 다른 사람과 새로운 관계를 시작하면, 결국 누구와도 행복할 수 없다는 사실을 말이다. 당장의 감정에 휘둘리지 말고, 책임 있는 선택을 통해 더 성숙한 사람으로 성장하길 바란다.

옛 연인과

우연히 마주쳤을 때의 대처법

"전 남자 친구를 길에서 우연히 마주치게 되면, 아무렇지 않게 인사해야 할까, 아니면 그냥 모르는 척 지나치는 게 나을까?"

이 고민의 답은 흥미롭게도 "내가 어떻게 행동하느냐"보다 "전 남자 친구가 내 행동을 어떻게 받아들일까"라는 데 초점을 맞추어야 한다.

만약 먼저 아무렇지 않게 혹은 애써 밝은 목소리로 인사를 건넨다면, 전 남자 친구는 "헤어진 사이에 왜 굳이 인사를 해?"라며 떨떠름하게 생각할 수 있다. 반대로, 무시하고 지나치면 "인사 한마디 못 하고 이렇게 피하다니, 아직도 나한테 감정 남아 있나 봐"라며 자기도 모르게 우쭐할 수도 있다.

그럼, 어떤 행동이 적절할까?
눈으로만 가볍게 인사하고 지나가는 것이다.

예를 들어, 눈이 마주쳤을 때 살짝 고개를 끄덕이거나, 쓱 한 번 쳐다보고 지나가면 된다. 이때 중요한 건 약간의 여유와 자신감이다. 눈으로만 인사를 하되, 마치 "나 지금 너 없이도 너무 잘 살고 있거든?"와 같은 메시지를 자연스럽게 전달하는 거다.

혹은 여유로울 자신이 있다면, 상대를 살짝 스캔하듯 훑어보며 지나가는 것도 방법이다. "그동안 얼마나 달라졌나 한 번 봐줄게"라는 태도로 말이다.

이런 모습은 상대방을 혼란스럽게 만들 뿐만 아니라, 돌아서서도 "저 사람 정말 다 정리했나 보다. 그런데 왜 이렇게 멋있어졌지?"라는 생각을 하게 할 수도 있다.

중요한 건 감정의 공을 상대에게 넘기는 자세다.
길거리에서 우연히 마주쳤을 때 드는
만감이 교차하는 복잡한 기분을
당신이 떠안을 필요는 없다.

그 무거운 기분은 상대방이 느끼게 두고, 당신은 여유롭고 자신감 있는 태도로 지나가면 된다.

결국 내가 상처받지 않는 게 최우선이고, 그다음엔 상대방을 혼란스럽게 만드는 게 포인트다. 그러니 너무 많은 생각은 버리고, 당당하게 쓱 지나가라. 그 순간 당신은 이미 이긴 거다.

상대방이 무조건 틀렸다고 생각하고
그를 바꿔야 한다는 태도는 버려야 한다.
진짜 좋은 관계는 서로의 다름을 인정하고
각자의 방식을 존중하는 데서 시작된다.

남자들은 잘 모르는

여자의 이별 통보 방식

"나는 이미 네게 여러 번 눈치를 줬고 암시를 했어."

여성이 변하지 않는 상대방에게 좌절감을 느끼며 이렇게 말했다면, 그 관계는 이미 파국이다. 이 말은 남성에게 '너는 미련 곰탱이야'라고 하는 것과 다름없다. 이 경우 남성은 전혀 문제의 심각성을 눈치채지 못하고 있을 것이다. 사흘 전에 놀이공원에서 놀고, 어제 밥을 먹고, 사랑을 속삭인 순간들만 기억할 것이다.

하지만 여성은 그보다 훨씬 이전부터 관계를 고민하고 있었다. '사흘 전'이 아니라, '보름 전, 한 달 전'부터 고민하며, 여러 번 신호를 보냈다. 문제는 남성이 그것을 전혀 인지하지 못했다는 점이다.

여성의 이별 통보는 하루이틀 사이에 이루어지는 것이 아니다. 여성은 하루 전, 이틀 전, 일주일 전의 사소한 문제 때문에 이별을 통보하지 않는다. 한 달 전, 혹은 그보다 훨씬 전부터 혼자 고민하고, 마음의 갈등을 겪으며, 결국 상대에게 다양한 방식으로 신호를 보내다 이별 통보라는 결론에 도달한다.

하지만 대부분의 남성은 이를 알아차리지 못한다.

'어제 밥 먹었잖아. 사랑한다고 했잖아. 놀러 가서 사진도 찍었잖아. 그런데 갑자기 왜 헤어지자고 해?'

남성은 이렇게 생각하며, 여성의 이별 통보를 갑작스럽고 이해할 수 없는 일로 여긴다. 그러나 이는 오랜 시간 동안 쌓여온 고민의 결과다.

여성의 이별 통보를
단순하게 해석해서는 안 된다.

남성이 생각하는 것보다
훨씬 복잡하고, 이해하기 어려운
감정과 이유가 얽혀 있다.

그렇기에, 여성의 마음을 이해하려면
표면적인 행동이나 말에만 집중하지 말고,
그 속에 담긴 더 깊은 신호를 보려고 노력해야 한다.

카톡 이별,

잠수 이별을 당하는 이유

카톡 이별이나 잠수 이별을 당했다면, 그건 상대방이 당신을 그 정도로만 여겼다는 뜻이다. 일반적인 커플들은 연애 중에 안 맞는 부분이 생기면 다툰다. 티격태격하면서 관계를 이어가다가 결국 헤어지기도 한다.

누군가는 "이럴 거면 헤어지자"라고 말하고, 누군가는 "서로를 더 맞는 사람에게 보내주자"라고 말하며 끝낸다. 하지만 카톡 이별이나 잠수 이별은 이런 최소한의 과정조차 생략한 방식이다.

물론, 싸우다가 충동적으로 "헤어지자"라고 말할 수도 있다. 하지만 최소한의 예의가 있는 관계라면, 시간이 흐른 후 다시 만나고 이야기를 나눈다. 비록 결국 헤어지더라도 상대방과 직접 만나 마무리하는 노력을 한다.

그런데 카톡으로 이별을 통보하거나 연락을 두절하는 방식은 상대방과 직접 만나 이야기할 가치조차 없다고 생각한다는 뜻이다. 아니면 그 사람이 애초에 인성이 나쁘거나.

앞서 말했듯이 사람은 끼리끼리 만난다. 좋은 사람을 알아볼 줄 모르고 사랑받을 준비가 안 되어 있다면, 결국 그만한 수준의 사람만 만나게 된다. 제대로 된 사람을 만나고 싶다면 본인부터 자신을 성장시키고 준비해야 한다.

"그 사람은 쓰레기였어"라며
모든 걸 상대방 탓으로 돌리면 아무런 발전이 없다.
한두 번은 그럴 수 있다.

하지만 이런 일이 반복된다면
본인에게도 문제가 있다는 증거다.

왜 카톡 이별이나 잠수 이별을 당했는지, 그 사람에게 왜 그런 대접을 받았는지 되짚어봐야 한다. 그래야 같은 실수를 반복하지 않고 더 나은 관계를 만들어 갈 수 있다.

바람피운 사람을

용서해야 할까?

바람을 피우는 이유는 단순하다. 절제력이 없기 때문이다. A와 B라는 두 사람을 예로 들어보겠다. 둘 다 이성 친구들이 있고, 밤늦게까지 술자리를 가지며 서로의 연인에게 연락을 잘 못할 때도 있다. 혹은 학교나 직장 등에서 자주 마주치는 이성 중 한 명과 잘 맞는다는 생각을 하게 될 때도 있다.

이런 상황에서 다른 이성에게 감정을 느끼는 건 인간의 본능이다. 마치 텔레비전 속 연예인을 보고 예쁘다, 잘생겼다고 느끼는 것처럼 말이다. 즉, 사람은 누구나 바람피울 가능성을 가지고 있다.

하지만 A는 그 가능성을 잘 인지하고 스스로 조심한다.

바람을 피울 수 있는 상황을 피하려 하고, 만약 그런 상황이 생기더라도 자신이 저지른 행동 때문에 사랑하는 사람과의 소중한 관계를 잃을 수 있다는 사실을 항상 염두에 둔다. 누군가가 다가오더라도 자신이 흔들릴 수 있음을 인정하고, 그것이 실행으로 옮겨지면 모든 것을 잃게 된다는 점을 먼저 생각한다.

반면 B는 그런 문제에 대해 전혀 고민하지 않는다.

'모르게 하면 돼. 들키지만 않으면 비밀을 무덤까지 가져갈 수 있어'라고 생각하며 행동한다. 자기 욕구가 무엇보다 우선이기 때문이다. 결국 이런 사람은 자신의 쾌락을 위해 상대방의 소중한 마음을 저버리고 관계를 파괴한다.

만약 연인이 바람을 피웠다면
용서하고 다시 받아줘야 할까?
절대로 아니다.
바람 안 피워본 사람은 있어도,
한 번만 외도한 사람은 없다.

이들은 상대방보다 자신을 더 중요하게 여기며, 소중한 사람을 잃는 것에 대해 깊이 고민하지 않을 만큼 미성숙하다. 익숙한 사람과 쌓아온 그 감정을 소중히 여기고 감사해야 하는데, 그러지 못하고 가볍게 배신하는 것이다.

'바뀌겠지' 하는 희망으로 바람피운 상대를 용서하고 다시 만나는 사람들이 있다. 하지만 그는 진심으로 사랑해서 돌아온 것이 아니다. 한순간의 실수에 대한 미안함과 죄책감 때문일 가능성이 크다. 그런 죄책감이 사라지면 다시 같은 행동을 반복할 것이다.

그러니 바람을 피운 사람은 미련 없이 끊어내야 한다. 그 사람을 용서하는 건 자신의 감정을 희생하는 것이고, 결국 더 큰 상처를 남길 뿐이다. 소중한 감정과의 관계를 지키기 위해서 절제할 줄 아는 성숙한 사람을 선택해야 한다.

바람피운 사람은 미련 없이 끊어내야 한다.

그 사람을 용서하는 건 내 소중한 감정을

희생하는 일이다.

이 관계를 유지하다가

결국 더 큰 상처만 받을 뿐이다.

이별에도

적절한 타이밍이 있다

"미련 없이 헤어질 수 있는 적절한 타이밍은 언제일까?"

이 질문에 대한 완벽한 답은 없지만, 반드시 이별해야 하는 순간을 알아차릴 수 있는 몇 가지 정황이 있다.

첫째, 상대방의 눈빛에 영혼이 없을 때

눈은 거짓말하지 않는다. 원래 눈을 마주치며 좋아하고 부끄러워하던 사람이 어느 순간부터 눈길을 피하고 당신의 얼굴을 외면한다면, 그건 상대의 사랑이 무뎌졌다는 신호일 수 있다.

둘째, 거짓말로 신뢰가 깨졌을 때

어떤 거짓말은 단숨에 신뢰를 무너뜨린다. 그 후에 진실을 말하더라도 상대방은 의심부터 하게 되고, 이에 따라 싸움과 탓하기가 반복되는 악순환이 생긴다.

차라리 솔직하게 털어놓고, 그 순간 화가 난 상대방의 마음에 귀 기울이면서 용서를 구하는 편이 훨씬 낫다.

셋째, 당신이 놓아버리면 끝날 것 같은 관계라고 느껴질 때

헤어지자고 했을 때, 상대방이 고민조차 하지 않고 붙잡지
도 매달리지도 않을 것 같다면, 이 관계는 이미 기울어진 상
태다. 결국 당신 혼자만 노력해야 겨우 이어지는 관계가 되
고, 시간이 지날수록 스스로 헤어짐을 결심하게 된다.

넷째, 상대방 때문에 변해가는 내 모습이 싫어질 때

자꾸만 예민해지고, 슬프고, 함께 있어도 외로움을 느낀다
면, 그 관계는 이미 행복하지 못한 상태다. 사랑받고 싶은
마음을 충족해 주지 못한다면, 그런 관계는 지속될 수 없다.

다섯째, 바뀌었으면 하는 딱 한 가지가 끝내 달라지지 않을 때

상대방이 고쳐주길 바랐던 문제가 시간이 지나도 변하지
않는다면, 그로 인해 계속 다투게 되고, 결국 지쳐서 놓아
줄 수밖에 없게 된다.

잘 헤어지는 방법이나 완벽한 타이밍은 없다.
결국 중요한 것은 자신의 감정을 잘 들여다보고 그에 따르

는 것이다. 이별은 언제나 아프지만, 새로운 사랑이 나타난
다면 언제 그랬냐는 듯이 회복될 수 있다.

이별은 끝이 아니라 또 다른 시작임을 기억하라.

사랑하기 전에
알았더라면 좋았을 것들

초판 1쇄 인쇄 2025년 3월 25일
초판 1쇄 발행 2025년 4월 1일

지은이 김달
펴낸이 이경희

펴낸곳 빅피시
출판등록 2021년 4월 6일 제2021-000115호
주소 서울시 마포구 월드컵북로 402, KGIT 19층 1906호

ⓒ 김달, 2025
ISBN 979-11-94033-67-7 03810